Gabriel Laub

Je kleiner der Unterschied ...

Gabriel Laub

Je kleiner der Unterschied...

Satiren

Mit 10 Zeichnungen von
Marian Kamensky

Langen Müller

Schutzumschlaggestaltung: Adolf Bachmann, Reischach,
unter Verwendung einer Zeichnung von Marian Kamensky
Satz: Filmsatz Schröter GmbH, München
Gesetzt aus: 10.5/13 Lino-Walbaum
Druck: Jos. C. Huber KG, Dießen
Binden: Buchbinderei Oldenbourg, München
Printed in Germany
ISBN 3-7844-2544-5

Inhalt

Worterklärungen I

MENSCH	*abstrakter Begriff; zusammengesetzt aus Männern, Frauen, Angehörigen anderer Geschlechter und Geschlechtslosen*
MANN	*eine Art Mensch. Weiß nicht mehr, was er ist und was er sein soll*
MACHO	*Mann*
SOFTIE	*auch ein Mann*
FAMILIENVATER	*bekannt aus der Literatur*
FRAUEN	*eine von Männern unterdrückte Menschenart, die die Männer beherrscht*
EHEFRAU	*beschützt den Mann vor allen Frauen, außer vor sich selbst*
QUOTENFRAU	*Funktionsträgerin mit löchriger Qualifikation*
EHE	*Zwei Menschen tun sich zusammen, um sich gegenseitig zu versklaven. Es gibt auch andere Definitionen der E.*
EHEPFLICHT	*eine antisexuelle Übung*
ALTERSUNTERSCHIED	*(bei Partnern) ist mit Geld aufzuwiegen*
SEX	*eine trotz aller Einwände beliebte Beschäftigung*
HETEROSEXUELL	*früher »normal«*
LESBIERINNEN	*Frauen, die nur Männern Konkurrenz machen*
EMANZE	*weiblicher Chauvi*
CHAUVI	*männliche Emanze*
MÄNNERHERRSCHAFT	*ein Schimpfwort*
FRAUENHERRSCHAFT	*dasselbe wie Männerherrschaft, nur umgekehrt*
KÖRPER	*Wohnsitz der Seele, falls diese vorhanden. Wird auch für andere Zwecke benutzt*
MORAL	*Verhaltensnormen für andere*
MORALIST	*besteht aus Moral und List*
PROSTITUTION	*allgemein abgelehnt als amoralisch. Existiert seit Jahrtausenden*

Warum Musen weiblich sind

Die Musen sind weiblich, weil sie das Element der Inspiration verkörpern. Männer können sehr wohl Inspiration haben, aber nur selten verbreiten; und wenn, tun sie es meistens per Befehl an ihre Untergebenen. Frauen inspirieren, Männer transpirieren.
Musen küssen die Poeten. Für einen Mann ist der Kuß eine Belohnung, ein Kuß von einer Frau ist ein Geschenk. Sollte also ein Muserich eine Dichterin küssen, wäre es eine Wohltat für ihn und nicht für die Poetesse.
Außerdem – in jener Zeit, in der die Musen erfunden wurden, waren die meisten Dichter Männer, und die größte Poetin der Antike, Sappho, war lesbisch.
Man weiß von vielen Frauen in der Geschichte, daß sie Musen eines oder mehrerer großer Poeten waren, von irgendeinem Muserich einer Dichterin habe ich noch nie gehört.
Ich fragte einmal, ob man für die nicht wenigen homosexuellen Dichter und Künstler vielleicht männliche Musen finden sollte. Das erübrigt sich aber wohl, weil kultivierte und sensible Schwule – die Künstler zählen sicher dazu – durchaus, in aller Platonik, für weiblichen Charme empfänglich sind.
Wladimir Majakowskij schrieb einst, daß die ganze Lyrik nur einem einzigen Ziel diene: Sie soll die Frauen

agitieren, die Poeten zu lieben. Sie sei also – in nicht-sozialistischen Worten ausgedrückt – gezielt individuelle oder allgemein gestreute Liebeswerbung.
Liebeswerbung ist aber, biologisch und historisch gesehen, Männersache. Die kulturellen Entwicklungen haben einige Korrekturen eingebracht, das Prinzip bleibt. Schließlich hat die Natur die Männchen zu einem einzigen Zweck geschaffen – dem der Befruchtung und Genmischung, als die ersten gentechnischen Geräte. Sex war deren Hauptgeschäft.
Die menschlichen Weibchen, offenbar barmherziger und praktischer als die Bienen, die ihre Drohnen dem Tode preisgeben, zwangen die Männer zum Arbeiten im Schweiße ihres Angesichts. Vielleicht ahmten sie da jene Tierarten nach, die ihre Männchen dazu brachten, die Brut zu ernähren, das Nest zu bauen und zu verteidigen. Bienen leben ja in einer totalitären Gemeinschaft, und eine solche ist immer tödlich unbarmherzig.
Es war natürlich sehr praktisch und vernünftig, die Männer zur Arbeit zu bringen. Hätte man sie ernähren müssen, hätten sich immer mehrere Dutzend Frauen mit einem Mann zufrieden geben müssen; hätte man sie jeweils nach der Erfüllung der Zeugungspflicht töten wollen, wäre der Mangel noch schlimmer – menschliche Männchen erreichen nicht so schnell die Geschlechtsreife wie Drohnen.
Allerdings, die Abgabe vieler wichtiger Wirtschaftszweige an die Männer, vor allem der wehrhaften Branchen Jagd, Raub und Verteidigung, kostete die Matriarchinnen die Macht. Es machte das männliche – das schwächere – Geschlecht physisch und ökonomisch, also auch politisch, stark.

Somit bekamen die Männer, die sich seither größenwahnsinnig als das stärkere Geschlecht betrachten, viele Mittel in die Hand, sich sexuelle Dienste der Frauen zu erkaufen oder zu erzwingen. Um Liebe müssen sie aber weiterhin werben, das heißt kämpfen oder betteln. Trotz allem Schein und allen gewalttätigen Ausnahmen sind es in der ganzen Natur die Weibchen, die über die Paarung entscheiden. Bei den Menschen heißt es, die Frau »gebe sich hin«, in vielen Sprachen sagt man »sie gibt«.

Wie immer das in der Praxis ist, selbst in Kriegs- und Nachkriegszeiten, in denen die weibliche Nachfrage das vorhandene Männerangebot übersteigt, müssen die Frauen nicht unbedingt zu Werbemitteln wie Kunst und Poesie greifen. Sie haben einfachere, direktere und wirksamere Mittel: Aussehen, Körpersprache, Düfte …

Womit ich keineswegs den weiblichen Anteil an der Kunst oder auch an der liebeswerbenden Poesie beziehungsweise seine Legitimität bezweifeln möchte. Nur brauchen die Frauen dazu keine inspirierende Fremdeinwirkung. Sie sind es selbst, die die Männer zur Liebe inspirieren, wie auch zu Arbeit, Heldentaten, Gemeinheiten und Verbrechen.

Deshalb sind die Musen weiblich.

Es lebe der Unterschied!

Man müßte sich als Anhänger der Emanzipation dauernd über die Unterschiede ärgern, die man zwischen Frau und Mann in jeder kleinsten Nachricht macht: »Eine Frau bestieg den Gipfel X«, »Eine Frau wird Ministerpräsidentin«. Als ob Frauen nicht genauso Menschen wären wie die Männer und die Geschlechtslosen.

Eine Fernsehkomödie wird so angekündigt: »Die Hauptheldinnen sind zwei rivalisierende Literatinnen. Sie rivalisieren nicht im Beruf, sondern als Frauen, im Kampf um einen Mann.« Dies ist wirklich skandalös! Es geht ja um Literatinnen, also wohl um recht emanzipierte Menschen, und trotzdem betont man, daß es Frauen sind, man zwingt sie in die traditionellen Frauenrollen zurück! Würde man über Literaten männlichen Geschlechts auch so schreiben?

Andererseits – wie hätte man es schreiben sollen? Die Literaturmenschinnen kämpften doch um einen Mann als Mann, sie wollten ihn ja nicht als Leser gewinnen. Sie sind trotz der hohen Stufe ihrer beruflichen Emanzipation immer noch Frauen geblieben. Und wahrscheinlich schämten sie sich nicht einmal dessen, so veremanzipiert waren sie wiederum nicht.

Wäre die Situation im Stück umgekehrt, kämpften zwei

Literaten um eine Frau, würden sie es auch als Männer tun und nicht als Berufskollegen. Als der große russische Dichter Puschkin im Jahre 1837 den miserablen Schreiber d'Anthes zu dem für Puschkin tödlichen Duell aufforderte, ging es nicht ums Versmaß, sondern um die Frau des Dichters.

Mögen die Frauen die ganze Leiter der Berufe und Positionen bis nach oben erklimmen – ich gönne es ihnen! –, sie werden dennoch Frauen bleiben. Die Männer haben es seinerzeit auch geschafft, im Prozeß der Befreiung vom Matriarchat, und haben ihr Geschlecht dabei nicht ganz verloren.

Man behauptet zwar, daß Frauen in verantwortlichen »Männer«-Berufen ihre Weiblichkeit verlieren, was kämpferische Emanzen – je nach Einstellung – bestreiten oder begrüßen. Man hat es schon immer behauptet. Der polnische Dichter Julian Tuwim sagte: »Eine Frau, die schreibt, begeht zwei Sünden – sie vermehrt die Zahl der Schreibenden und vermindert die Zahl der Frauen.« Dieser Spruch wird unter anderem durch das vorher erwähnte Fernsehspiel widerlegt. Es ist wohl oft eine Zweckbehauptung, um Frauen als Konkurrentinnen abzuschrecken.

Es gibt aber auch Statistiken und Studien, die beweisen, daß gestreßte Männer einen Teil ihrer Männlichkeit einbüßen. Der Konflikt zwischen Sexualität und Berufsstreß ist also nicht einseitig geschlechtsbedingt. Man muß hier eine allgemeine Lösung finden, damit Frauen immer Frauen und Männer Männer bleiben. Es wäre schade, diesen kleinen, aber keineswegs reizlosen Unterschied vermissen zu müssen. Allerdings ist diese Gefahr Gott sei Dank gering.

Und solange Frauen Frauen bleiben, ist selbst die Vision einer radikalen Frauenherrschaft nicht so grauenvoll – es bleiben den Männern noch gewisse Chancen, zumindest die, die die Frauen heute haben. Damit ließe sich noch leben. Jede Frau, ob Direktorin, Präsidentin, Wirtschaftskapitänin, Politikerin oder Spitzenwissenschaftlerin, kann noch mehr sein – auch noch eine Frau.

In der Zeitung stand, daß die Amerikaner Schwierigkeiten mit den weiblichen Soldaten haben – zehn bis zwanzig Prozent von ihnen sind jeweils schwanger. Ich zitiere es nicht als Beweis, daß Frauen für den Beruf des Soldaten ungeeignet sind – kein Mensch, Frau oder Mann, soll sich zum Soldatsein eignen; die besonders Geeigneten mag ich besonders nicht. Es geht nur darum, daß viele Soldatinnen absichtlich in die Schwangerschaft flüchten, um aus der Armee entlassen zu werden.

Es ist also nicht immer ungünstig, eine Frau zu sein – denn Männer haben diese Möglichkeit nicht.

Meine lieben Mitmenschinnen, es lebe der kleine Unterschied!

Ein einziger widerspenstiger Reißverschluß rettete die Tugend häufiger als alle Moralkampagnen zusammen.

Der ideale Adam

Ein idealer Mann ist ein Mann, den es nicht gibt. Denn ein Ideal kann nur ideell existieren.

Wozu braucht ein Mann ideal zu sein? Um Frauen zu gefallen und sie somit zu gewinnen? »Geh'n Sie schon«, würde Graf Bobby sagen, »muß es denn sein?« Und Schwejk wird hinzufügen: »Ja, so einer, der es anders nicht schafft, muß ganz schön blöd sein. Da kannte ich in Budweis einen Schuster . . .«

Der einzige absolut ideale Mann war Adam – in seinen und in Evas Augen, mangels Wahl. Auf einer isolierten Insel wird jeder Mann, der als einziger zu haben ist, der ideale sein. Selbst für seine eigene Frau, ja selbst für seine eigene Geschiedene, falls er das doppelte Unglück hatte, eben mit diesen Damen auf einer menschenleeren Insel zu landen. Der Sexmarkt ist kein Markt der Konsumenten, er wird immer ein Markt der Anbieter bleiben. Wenn man nicht hat, was man liebt, liebt man, was man hat.

In den Urzeiten war das Ideal der Männlichkeit klar: Das stärkste Männchen, das alle anderen besiegen konnte, beherrschte alle Weibchen der Herde – solange es stark genug war.

Die Weibchen warteten immer ruhig den Ausgang des Kampfes ab und ordneten sich mit Freude dem stärkeren Mann unter. War der Stärkere für sie auch immer der Bessere? Ja, weil sie keine andere Wahl hatten – keiner hat ja die Urdamen nach ihrer Meinung gefragt. Sonst aber... Es hat noch niemand bewiesen, daß Kampfkraft mit Manneskraft identisch ist.

Man kann sich gut vorstellen, daß dem einen oder anderen zottigen Mädchen der unterlegene Gruppenehe-Kandidat sympathischer war – sie hatte mit ihm Mitleid, und er war auch in der Regel jünger und nicht von so vielen Kämpfen gezeichnet wie der Herr und Gebieter. Und er war nicht der legale Ehemann. Jener hatte jedoch gefährliche Fäuste und Zähne – man konnte nichts machen.

Oder vielleicht doch? Wie man die weibliche Natur kennt – und die hat sich in den lumpigen paar hunderttausend Jahren nicht geändert –, kam irgendwann eine Urdame auf die Idee und fand die Gelegenheit, mit einem schwächeren Mann ohne bedeutende Position in der Herde ins Gras zu gehen. Wahrscheinlich war es eine der weniger attraktiven Urmenschinnen, die der Herrscher mit seiner Gunst nicht verwöhnte. Denn nur die Not – auch die sexuelle – gebiert Erfindungen. Indem sie Gesetz- und Ehebruch riskierte, erfand diese unbekannt gebliebene Urfrau das zweite Mannesideal: den schwachen, zu bemitleidenden Mann, den Ursoftie. Damit begann die Entwicklung der Kultur der menschlichen Beziehungen, die zum ersten Mal nicht von den stärkeren Muskeln bestimmt wurden.

Das dritte Mannesideal entstammt wohl der genialen Eingebung eines schwachen Mannes: Er kam auf den Gedanken, eine Frau, die ihm nach dem Gesetz des Dschungels nicht gehörte, durch Bestechung zu gewinnen. Er brachte ihr ein schönes Stück Fleisch, das er bei der Verteilung der Jagdbeute nach Rangordnung versteckte. Oder, falls er ein instinktiver Urfreudianer war, ein paar Bananen. Auch er handelte gegen die Gesetze der Horde. Der Erfolg seines schlauen Unternehmens bedeutete den Beginn der modernen Liebe. Das Ideal des fürsorglichen, des opferbereiten, des schenkenden Mannes war da.

Ob jener Urmann, der als erster einen Stein oder einen Ast zur Hilfe nahm, um den physisch überlegenen Hordenführer zu erledigen, dies von allein tat oder von einer Frau angestiftet wurde, die es satt hatte, von ihrem Gebieter häufiger geschlagen als geliebt zu werden, werden wir nie erfahren. Dieser Mann legte aber den Grundstein – oder den Grundast – der menschlichen Zivilisation. Und er kreierte das Ideal des kühnen und ehrgeizigen, vor allem aber gescheiten und schöpferischen Mannes. Denn Kühne und Ehrgeizige, die es ohne Chancen auf Erfolg mit dem Stärkeren aufgenommen haben, gab es auch vor ihm genug.

Von dieser uralten Geschichte sollten wir uns zweierlei merken.

Erstens: Kultur, Zivilisation und moderne Liebe verdanken wir schwachen Männern und wenig attraktiven Frauen. Die Starken und die Begehrten hatten dies alles nicht nötig.

Zweitens: Die Grundmodelle des idealen Mannes wurden schon damals geschaffen. Alle anderen, bis zum heutigen Tag, sind Kombinationen dieser vier. Zugegeben, die Zivilisation und die Kultur haben viele Varianten gebracht – alle zugunsten derjenigen, die nach urzeitlichen Kriterien nicht zum Zuge kommen konn-

ten. Man kann sie aber alle auf die vier Nenner – der Starke, der zu Bemitleidende, der Schenkende und der Gescheite – oder auf ihre Mischformen bringen.
Nehmen wir zum Beispiel solche typisch zivilisatorische und zweifellos bei Frauen erfolgversprechende Kriterien wie Reichtum und Erfolg: Sie enthalten, in unterschiedlicher Zusammensetzung, alle vier genannten Eigenschaften.
Versuchen wir eine typische Kulturkategorie des Mannes zu analysieren, den »Dichter«. Warum kommen Poeten oft gut bei Frauen an, selbst wenn sie nicht erfolgreich, unbekannt und arm sind? Eben weil sie wenig Erfolgschancen haben, gehören sie zu der Kategorie II (Schwäche, Mitleid). Dadurch, daß sie den Frauen unmittelbar oder durch Besingen der Gefühle Lob schenken – nicht anders als ihr Urahne die Banane und aus gleichem Grund –, ordnen sie sich der Kategorie III zu. Gutgläubige Frauen – und Frauen sind immer gutgläubig, wenn sie es wollen – zählen die Dichter auch zu der Kategorie IV, zu den Gescheiten. Nicht ganz ohne Grund, denn es ist gescheiter – weil billiger –, der Geliebten ein Gedicht statt eines Nerzmantels zu schenken. Dazu beweisen die Poeten, indem sie sich mit so einem nichtsnutzen Ding wie der Dichtung beschäftigen, daß sie genug Zeit zur Verfügung haben – kein geringer Vorteil, denn selbst der beste Mann hat für die Frau keinen Wert, wenn er keine Zeit hat.
Warum wurden hier bislang die Potenz und die Schönheit der Männer nicht erwähnt? Weil sie nicht so wichtig sind, wie es auf den ersten Blick scheint. Die Potenz läßt sich auf den ersten Blick nicht erkennen (bei allen weiteren *Blicken* auch nicht), spielt also bei dem Wer-

ben um die Frau keine Rolle, ihre Bedeutung kommt erst später. Potenzversprechungen glauben die Frauen – mit Recht – nur notgedrungen. Frauen behaupten oft, daß die Potenz des Geliebten für sie nicht entscheidend ist. Sie ist ja auch in zwei Situationen nicht entscheidend: Wenn die Frau keine andere Wahl hat, oder wenn sie eben die Wahl hat und sich zusätzlich Potenz woanders besorgen kann. Diese beiden Situationen zusammen umfassen eigentlich hundert Prozent aller möglichen Fälle. Außerdem, wir haben ja gesehen, daß es immer die Schwächeren sind, die ihr Hirn mehr anstrengen. Die Potenzschwächeren müssen sich nicht immer auf ihr Köpfchen verlassen, sie können auch mit dem Kopf arbeiten: Sie können potenzunabhängige Liebespraktiken erlernen oder entwickeln und somit in die begehrten Kategorien der Gescheiten und Schenkenden steigen.

Die Schönheit ist keine ursprüngliche und keine prinzipielle Kategorie. Sie hatte nie eine grundsätzliche Bedeutung – weder im Überlebenskampf, noch im Werben um die Weibchen. Übrigens, auch als weibliche Waffe wird die Schönheit sehr überbewertet. Den Kult der männlichen Schönheit haben nicht die Frauen erfunden, sondern die schwulen Ästheten des alten Griechenland. Wert darauf legen zwei Gruppen von Frauen: naive kleine Mädchen, denen andere Maßstäbe unzugänglich sind, und übersättigte ältere Damen. Diese Gruppen sind auch für den Zauber der primitiven Kraft (Sportler!) empfänglich. Was nicht bedeutet, daß die Schönlinge auf den Einsatz ihres Aussehens verzichten sollen. Jeder bringt auf den Sexmarkt, was er zu bieten hat.

Womit versuchen heute die Männer die Frauen zu locken? Ich habe einige Dutzend Anzeigen in einem Blatt für Leser mit gehobenen Ansprüchen analysiert. Was den Damen am häufigsten angeboten wurde, war »gerne reisen«. Und gleich hinterher »sportlich« und »gutaussehend«, also – obwohl anspruchsvolle Frauen angesprochen werden sollten – Eigenschaften aus der primitivsten Kiste der Kategorie I. Die Reisewilligkeit ist schon ein bißchen komplizierter, sie paßt in die Kategorie III (Schenken). Erfolg im Beruf und Reichtum standen ganz hinten – vielleicht aber hatten manche Angaben über Hobbys auch den Zweck, diskret anzudeuten, daß der Werber wohlhabend ist. Eine ganze Menge verschiedener kultureller Interessen (jedoch viel weniger und nicht so schwärmerisch geschildert wie bei den weiblichen Inserenten) sollten die Zugehörigkeit zu den Gescheiten beweisen. Sexqualitäten wurden nur zweimal, ganz schüchtern, erwähnt: einer verkündete, daß er »Interesse für Sex« hätte (eine wirkliche Seltenheit!), und ein Herr in den besten Jahren beschrieb sich als »sehr vital«. Vielleicht sollte man da einige »jugendlich« hinzurechnen, die schon bei Vierzigjährigen auftauchten, als ob das in diesem Alter eine Besonderheit wäre.

Man kann natürlich nicht aus dieser kleinen Menge von Anzeigen viele Schlüsse ziehen. Für zwei reichte es aber: Alles paßte in das alte Vier-Kategorien-Schema. (Ich weiß nur noch nicht, wohin ich den Mann einordnen soll, der sich als Katzenliebhaber anpries.) Und andererseits zeigte sich, daß man heute mit allem möglichen um die Frauen werben kann, von »musikalisch« bis »Nichtraucher«.

Dank der zivilisatorischen Entwicklung, die jene untreue Urfrau und der Urmann mit dem Stein begannen, hat heute jeder Mann etwas, womit er einer Frau imponieren kann. Sei es damit, daß er gerne lacht – oder gerne schweigt, zu zweit.

Adam war ein idealer Mann, weil er der einzige war. Es gab freilich auch nur eine Eva. Adam mußte ihr nicht unbedingt gefallen, aber sie mußte ihn sich gefallen lassen. Von den heutigen Männern hat keiner eine solche Monopolstellung – dafür gibt es aber viel mehr Frauen mit unterschiedlichem Geschmack.

Somit hat jeder von uns die Chance ein idealer Mann zu werden.

Jahrzehntelang machte ihn seine Frau geil – auf andere Frauen.

Die Schönen

Von der Logik her dürfte es die schönste Frau der Welt nur einmal geben. Wie so oft, trügt aber die Logik, wenn sie mit dem Leben konfrontiert wird.

Es gibt viele »schönste Frauen der Welt«. Nein – man kann die Gänsefüßchen getrost streichen, denn diese Frauen sind wirklich die schönsten: Jede Frau, die geliebt wird, ist für den, der sie liebt, die schönste. Am allerschönsten sind die Mütter, egal, wie sie in den Augen anderer Leute aussehen.

Ein Sohn, der ein Leben lang seine Mutter liebt (lassen wir jetzt die überdrehten Muttersöhnchen beiseite, und komme mir hier niemand mit dem Schmarren des Ödipus-Komplexes), sucht bewußt oder unbewußt eine Partnerin, die ihr ähnlich ist.

Die eigene Mutter steht im Hintergrund als Ideal – nicht nur der Schönheit. Vielleicht befehlen dies sogar dem Sohn die mütterlichen Gene in seinem Leib, die sich erhalten und verbreiten wollen.

Ich habe einst den Aphorismus geprägt: »Die schönsten Frauen sind die, denen wir gefallen.« Ein Aphorismus ist, wie bekannt, eine halbe Wahrheit, und ich stehe auch zu dieser Hälfte. Vielleicht habe ich hier die etwas bescheidene Einstellung eines Mannes zum Ausdruck gebracht, der seit seiner frühen Jugend nie unglücklich

verliebt war, weil er sich immer mit Frauen begnügte, die sich mit ihm begnügten.
Ob so oder so – es ist klar, daß jede Frau die schönste sein kann; und daß es kein allgemein verbindliches Schönheitsideal gibt.
Das ist ein Glück für die Menschheit. Hätten sich die Begierden und Gefühle der Männer jeweils auf die drei anerkannt schönsten Frauen der Welt, des Landes, oder nur auch des Dorfes konzentriert, wäre das Menschengeschlecht längst ausgestorben. Die Natur, und später die Gesellschaft sorgten, indem sie unterschiedliche Geschmäcker und ungleiche Wahl-Möglichkeiten geschaffen haben, für Abhilfe.
Dennoch versucht man seit Jahrtausenden, ein Ideal der weiblichen Schönheit zu schaffen – von den ausladenden Statuetten der Urzeit über griechische Göttinnen bis zu den heutigen Film- und Fernsehstars und Plakat-Schönheiten.
Das Ideal wandelte sich von Epoche zu Epoche und von Künstler zu Künstler. Meistens jedoch faszinierten die Männer üppige Formen, die ja den Unterschied zwischen Weib und Mann sichtbarer und greifbarer machen. Erst in unserer Wohlstands-Zeit wird die schlanke, sportliche Frau mit sonnengebräunter Haut lanciert.
Ich weiß nicht, wie viele Athener Damen sich bemühten, so wie die Liebesgöttin Aphrodite auszusehen. (Der Ehegöttin Hera ähnliche Matronen gab es sicher genug.) Heute bietet die Allgegenwart der Medien und der Werbung eine starke Verlockung zur Nachahmung der Schönheitsnormen. Wir leben ja überhaupt in einer streng normierten Welt.

Für welche Männer aber gelten diese Normen? Wie alle Anleitungen für jene, die selbst nicht wissen, was für sie gut ist. Für Gefühlsbanausen und Sex-Analphabeten, denen man sagen muß: »Diese Frau gefällt dir!«

Die plakativen Normschönheiten sind dazu gut, als Bild auf der Schlafzimmerwand oder auf dem Spinddeckel jenen Männern das Leben zu verschönern, die keine reale Partnerin haben. Sie dienen auch als Muster für Tagträume derer, die nicht genug Phantasie haben, sich selbst ihre Traumfrau vorzustellen.

Als Partnerinnen werden sie in der Regel von Männern ersehnt, die nicht eine Frau und nicht Liebe suchen, sondern ein Prestigeobjekt zum Vorzeigen. Das sind dieselben, die sich ihre Kleidung und ihre Autos nicht nach eigenem Geschmack, sondern nach der Prestigeträchtigkeit der Marke wählen. Es passiert sicher nicht selten, daß so ein Mann eine »repräsentative« Frau heiratet und dann heimlich eine besucht, die bei weitem nicht so blendend aussieht, ihm aber lieb ist. Oder umgekehrt – er legt sich für Repräsentation als Nebenfrau ein leibhaftiges Zahnpasta-Plakat zu und hütet zu Hause die innig geliebte biedere Frau.

Ein normaler erwachsener Mann mit einigermaßen erfülltem Liebesleben schaut sich eine »ideal schöne« Frau am Bildschirm, in einer Zeitschrift oder auf dem Poster mit mehr oder weniger Vergnügen an – und damit hat es sich. Wenn man ihm »ideale Maße« angibt, lacht er. Er weiß, daß man nicht nach Maß, nicht den oder jenen Teil eines weiblichen Körpers lieben kann. Entweder liebt man eine Frau ganz, so wie sie ist, mit allen Vorzügen und Fehlern – ein lebendiges menschliches Wesen –, oder es ist keine Liebe.

Wenn eine Frau wie ein Medien- oder Werbemittelstar aussieht und auftritt, schreckt sie sogar die meisten Männer ab: Sie vermuten in ihr ein Luxusweibchen, das sie sich gar nicht leisten können – und das sie auch nicht brauchen. Man denkt sich vielleicht: Hhm, es wäre nicht übel mit ihr einmal . . . und geht weiter. Ich habe einige Male im Fernsehen Miß-Wahlen verfolgt – aus sportlichem Interesse, wer gewinnt, weniger aus ästhetischem und schon gar nicht aus erotischem. Noch bei jeder »Miß World« oder »Miß Universum« sind mir Frauen, die ich kannte, eingefallen und die ich attraktiver fand.

Welche Chancen gibt einer Frau die Schönheit nach geltenden Vorbildern? Sie kann von einem jener Prestigejäger geheiratet oder für eine repräsentative Funktion engagiert werden. Sie könnte auch, solange sie jung ist, eventuell als Model gutes Geld verdienen. Dann winkt noch das höchste Glück, von dem auch die schönsten Schönen meistens vergeblich träumen: Man kommt zum Film, vielleicht sogar nach Hollywood. Eine von vielen Tausenden kann sogar zum Sexidol einer Generation werden. Man merke sich nur das Vokabular: Idol – wie ein behauenes Stück Stein, Mannequin – wie eine Holzpuppe. Und was das allerhöchste Glück – die schwindelerregende Hollywood-Karriere – bedeutet, beweist das Schicksal von Marilyn Monroe und anderer Stars.

Manchmal ist das blendende Aussehen nach gängigen Kriterien doch eine Hilfe im Lebenskampf. Manchmal kriegt so eine Schöne einen Posten, weil sie dem Personalchef gefiel; ich kenne auch Autorinnen, denen man Bücher druckte, die man von einem Mann nie ange-

nommen hätte. (Wohl weil diese Autorinnen sich besser für die Werbung eigneten.)
Es ist auch nicht so, daß Männer, die repräsentative Frauen heiraten, sie nicht lieben dürfen. Als Beispiel könnte hier die offenbar gute Ehe von Sophia Loren mit dem kleinen, dicken und mächtigen Carlo Ponti dienen. Häufig ist aber zuviel Schönheit ein Hindernis. Der Personalchef kriegt es mit der Angst, daß die Schöne sich nur putzen, den Kollegen den Kopf verdrehen und die Kolleginnen sowie auch die Ehefrauen von Mitarbeitern eifersüchtig machen wird.
Am schlimmsten sind jene Schönen dran, die sich schon seit ihrer frühen Jugend auf ihre Schönheit verlassen und nichts richtig gelernt haben. Natürlich gibt es viele Frauen, die den Models Modell stehen könnten, trotzdem in irgendeinem Beruf sehr gut und auch ausgezeichnete Partnerinnen im Privatleben sind. Das sind sie aber nicht dank ihrer Schönheit, sondern unabhängig davon.
Auf das Risiko, daß ich mich wiederhole: Das schönste ist, daß jede Frau die schönste sein kann. Und: Frauen sind schöner als sie aussehen.

Der Busen sorgt für Aufregung

Man liest am frühen Morgen die Zeitung und findet gleich auf der ersten Seite eine aufregende Nachricht: »Die Busen werden größer. An der Spitze liegen deutsche Frauen mit einem Schnitt von 96,6 Zentimetern. Schon jetzt klagen die BH-Hersteller, daß sie ihre Maschinen umstellen müssen.«

Das heißt, mich kann die Nachricht nicht aufregen, selbst am frühen Morgen nicht: Erwachsene Männer schätzen den Busen einer Frau nicht an sich und nicht der Größe nach, sondern als harmonische Komponente des Ganzen. Mich freut nur, daß die Statistik auch mal etwas Handfestes bringt, an das man sich halten kann.

Auch die BH-Fabrikanten haben keinen Grund zu klagen. Je größer die Busen, um so mehr Frauen werden zum Büstenhalter zurückkehren, somit wird sich für die Industrie die Umstellung der Maschinen und der Mehraufwand an Stoff lohnen.

Ich stelle mir jedoch vor, wie sich über die Entwicklung der Busen die radikalen Feministinnen aufregen werden. Der steigende Busen-Trend ist nämlich ausgesprochen reaktionär. Erstens wird er bei den Männern eine steigende Reaktion unterstützen. Zweitens wird er den Unterschied zwischen Mann und Frau, den man doch abschaffen will, wieder größer und sichtbarer machen.

Die Emanzen selbst haben zwar nur selten Probleme mit ihren eigenen Busen. Die meisten von ihnen haben, dank ihrem entwickelten Bewußtsein, in dieser Hinsicht einen vollen Ausgleich mit den Männern erreicht. Falls sie doch Busen haben, verstehen sie es, ihn erfolgreich herunterzuspielen.

Es geht um die anderen. Der weibliche Busen ist ja ein Instrument der Unterdrückung der Frauen. Seit Jahrtausenden pflegen und bearbeiten die männlichen Chauvinisten dieses Instrument, um die Frauen zum Kinderstillen zu verdammen und somit ihre Abhängigkeit perfekt zu machen. Die durch die Männerherrschaft erzwungene unterschiedliche Entwicklung der Brüste von Frauen und Männern verhindert jede gerechte Arbeitsteilung auf diesem Gebiet. Die zu Milchproduzentinnen erniedrigten Frauen müssen mit der eigenen Brust auch ihre potentiellen Unterdrücker ernähren, die Kinder *männlichen* Geschlechts.

Die Feststellung, daß die Busen wachsen, ist keine gute Nachricht für diejenigen, die die Unterschiede zwischen den Geschlechtern total abschaffen möchten. Die Natur und die Frauen stimmen auf diese keineswegs unauffällige Art dagegen.

Ein entwickelter Busen behindert den Kampf gegen die Männer in doppelter Hinsicht. Erstens, beim harten Kampf Brust an Brust steht er dazwischen, mildert den Zusammenstoß und lenkt beide Seiten ab. Zweitens, aus irgendwelchen unerklärlichen Gründen sind Frauen mit Busen weniger kampflustig gegen die Männer eingestellt. (Ich habe für diese Behauptung zwar keine wissenschaftlichen Unterlagen, verlasse mich jedoch auf langjährige empirische Beobachtungen.) Der offenbare Nachteil der entwickelten Vorteile besteht darin, daß sie die Bildung des emanzipatorischen Bewußtseins bremsen. Es ist nicht meine Sache, nachzuforschen, warum dem so ist, denn mich stört es nicht. Tatsache ist, daß viele rückständige Frauen dieses Symbol der Ungleichheit nicht nur mit Würde, sondern auch mit Stolz tragen.

Progressive Frauen kämpfen um die Macht. Kluge Frauen haben sie.

Unheimlich glücklich

Wenn sie sagt,
sie sei
unheimlich glücklich,
heißt das,
daß sie
heimlich unglücklich ist?

Wenn sie sagt,
sie sei
unheimlich unglücklich,
heißt das,
daß sie
unglücklich ist,
weil sie
kein Heim hat?

Wenn er sagt,
er sei
unheimlich glücklich,
ist es einfacher.
Das heißt,
daß er glücklich ist,
aber
nicht in seinem Heim,
also heimlich.

Glück bei schönen Frauen

Über die Begriffe »Glück« und »schöne Frauen« zu philosophieren, hat keinen Sinn. Jedermann versteht, was gemeint ist, auch wenn jeder Mann es anders versteht. Es gibt grundsätzlich zwei Kategorien von Männern: Die einen finden die Frauen schön, bei denen sie Glück hatten, die anderen nur jene, bei denen sie kein Glück hatten. Die erste Gruppe hat es gut, der zweiten ist nicht zu helfen.

Tatsache ist, von allen philosophischen Betrachtungen abgesehen, daß sehr viele Männer kein Glück bei schönen Frauen haben. Anders Roland – er hatte bei schönen Frauen immer Glück. Das war sein Pech.

Schon die erste Frau seines Lebens, seine Mutter, war anerkannterweise die schönste Frau der Stadt. Das Pech war, daß sie für Rolands Vater viel zu schön war. Wäre er ein Schurke, ein Haustyrann oder zumindest ein Weiberheld gewesen, wäre Frau Renate wahrscheinlich bei ihrem Mann geblieben. Es gehört ja zum dramatischen Bild einer Stadtschönheit, zumindest ein wenig tyrannisiert und/oder betrogen zu werden. Rolands Vater August-Anton war jedoch ein ruhiger Mann, der fleißig und pflichtbewußt seinen Geschäften nachging. Seine treu geliebte Frau respektierte er und schonte sie sehr, ja allzu sehr.

Eine etwas weniger schöne Frau hätte so ein Leben sicher genossen und geschätzt. Frau Renate war jedoch außergewöhnlich schön. Das ruhige bürgerliche Dasein ohne Höhepunkte – an Höhepunkten mangelte es in ihrem Leben wahrhaftig – empfand sie als Vergeudung ihrer Schönheit – zuerst unbewußt, dann bewußt.

Als Roland drei Jahre alt war, lief seine Mutter von zu Hause weg. Sie folgte einem Handelsvertreter, der sie eigentlich gar nicht entführen, sondern nur verführen wollte – er wollte ihr einen teuren Rasenmäher verkaufen.

Da es für Frau Renate der erste Anfall von Leidenschaft in ihrem Leben war, war sie so benommen, daß sie ins neue Leben außer ihrem innig geliebten Sohn und einem Satz Unterwäsche nichts mitnahm, selbst ihren Schmuck nicht.

Der früher erfolgreiche Handelsvertreter, der so unerwartet zum Familienvater wurde, wagte nicht mehr, seine erprobte Verkaufstaktik anzuwenden. Aus Angst, seine schöne Freundin zu verlieren, beschränkte er auch seine Geschäftsreisen auf ein Minimum. Er verdiente immer weniger und fing an zu saufen. Diese romantische Haltung machte ihn für Frau Renate noch liebenswerter, besonders als er anfing, sie ab und zu zu schlagen.

Sie nahm eine Stellung als Verkäuferin in einer Parfümerie an. Ihr kleines Gehalt und die Unterhaltszahlungen, die Rolands Vater regelmäßig schickte, reichten den dreien für ein bescheidenes Leben.

Dadurch, daß seine schöne Mutter ihn so liebte, wuchs Roland in bescheidenen Verhältnissen auf. Wäre er beim Vater geblieben, hätte er im Wohlstand leben können. August-Anton war schon früher wohlhabend gewesen. Durch das Flair eines tragisch liebenden, verlassenen Mannes wurde er für Frauen besonders attraktiv und heiratete eine nicht außergewöhnlich schöne, aber sympathische junge Witwe. Dank seines Fleißes verwandelte er ihre kleine Fabrik in ein florierendes Unternehmen.

Roland erbte die Schönheit seiner Mutter nicht. Er war ein durchschnittlicher Junge, weder besonders sportlich, noch besonders begabt. Trotzdem machten ihm die beiden schönsten Mädchen der Klasse schöne Augen – aus unerklärlichen Gründen, einfach, weil er bei schönen Frauen Glück hatte. (Das heißt, warum Anja, die Zweitschönste, Roland ihre Gunst demonstrierte, war klar – um die Klassenkönigin Petra auszustechen.)

Außer stiller Genugtuung hatte Roland von seinem Glück nicht viel. Die beiden Schönheiten waren immer von einem ganzen Haufen Jungs umringt und streng bewacht. Als sich Roland einmal mit Anja im Park verabredete, lauerten ihm die zwei stärksten Jungs der Klasse auf und richteten ihn übel zu.

Sonst wurde er von allen Jungs und von den weniger schönen Mädchen geschnitten. Niemand ließ ihn abschreiben, außer Anja und Petra. Leider gehörten die Schönen nicht zu den besten Schülern.

Während der Lehre, und später als junger Computerprogrammierer, lebte Roland ziemlich einsam. Natürlich gab es in seiner Firma schöne Mädchen, die ihm vielsagende Blicke zuwarfen, gerne mit ihm plauderten, ihm Kaffee machten und beim Betriebsfest mit ihm tanzten, was Roland bei den Kollegen den Ruf eines Casanovas einbrachte, aber nicht mehr. Die schönen

Mädchen waren alle in festen Händen und gut bewacht. Roland hätte sich herzlichst gerne mit einer weniger schönen Frau zufriedengegeben – eben solche unter seinen Arbeitskolleginnen hatte er sich während des Onanierens vorgestellt, nicht die Schönheiten –, diese schenkten ihm jedoch paradoxerweise keine Beachtung. Er hatte Glück bei den schönsten Frauen, und nur bei denen.

Die Dialektik des Lebens ist manchmal komisch: Viele Männer konzentrieren ihre Begierden auf weniger attraktive Frauen aus Berechnung. Sie glauben, daß diese leichter zugänglich sind. Roland aber nahm diese Einstellung aus romantischen Gründen ein, denn für ihn waren eben diese Frauen die unerreichbarsten! Auch Rolands Ausflüge in Discos und Bars blieben unergiebig, denn auch da lächelten ihn nur wunderschöne Frauen an, die wachsame Begleiter hatten.

Vielleicht hat es die Natur im Interesse des genetischen Ausgleichs so eingerichtet, daß sich die schönsten Frauen von bedeutungslosem männlichen Durchschnitt angezogen fühlen, die weniger Schönen dagegen die attraktivsten Partner zu erobern suchen. Nun, es sind ja nicht die Männer, die die Wahl haben, auch wenn sie es glauben.

Einmal bewirkte Rolands Glück mehr als nur ein Lächeln. Er war damals zweiunddreißig. Bei der Rückkehr von einem einsamen Urlaub in Griechenland setzte sich im Flugzeug eine Frau zu ihm. Sascha war kein berühmtes, aber ein klassisch schönes Mannequin. Auch sie war allein im Urlaub, um sich von der eben überstandenen Scheidung zu erholen.

Der ruhige Nachbar, der nicht versucht hatte, mit ihr zu

flirten, weckte ihr Interesse. Sie sprach ihn an, und sie ließ sich dann von ihm mit der Taxe nach Hause bringen. Daß er dabei nicht versucht hatte, gleich nach oben mitzukommen, wurde ihm hoch angerechnet.

Sascha hatte von zudringlichen Männern die Nase voll, also imponierte es ihr, als Roland auch bei späteren Treffen nicht versuchte, aufs Ganze zu gehen. Nicht, daß sie etwas dagegen gehabt hätte. Sie wertete es jedoch als Beweis dafür, daß Roland ihre Beziehung ernst nahm. Roland hat sich tatsächlich in Sascha verliebt, obwohl sie so schön war.

Roland und Sascha verlobten sich, der Hochzeitstermin wurde besprochen ... Da kreuzte ein junger, sportlicher Millionär aus Florida Saschas Weg. Er lud sie zu einer Feier auf seiner Yacht ein und schlief gleich am ersten Abend mit ihr. Am dritten Morgen schlug er ihr vor, seine Frau zu werden. Gegen soviel Lebensglück konnte Rolands Glück bei schönen Frauen nicht ankommen.

Der junge Mann quälte sich eine Zeitlang und verfluchte sein trügerisches Glück. Dann kam er aber zu dem Schluß, daß Glück allein noch nicht glücklich macht, man braucht dazu auch Geld. Woher soll aber so ein kleiner Angestellter viel Geld nehmen?

Eines Abends gewann Roland beim Zehntelpfennigskat mit Kollegen ganze vier Mark achtzehn. Einer der Spieler, der von Rolands Geschichte mit Sascha wußte und an diesem Abend zwei Mark vierundsechzig verloren hatte, meinte süffisant: »Pech in der Liebe, Glück im Spiel!«

Dieser Satz kam Roland wie eine Erleuchtung vor. Das war der Weg! Am nächsten Tag hob er von der Spar-

kasse sein ganzes Geld ab – zwölftausend Mark, denn er durfte sein Konto um fünftausend überziehen – und ging in die Spielbank.
Ein Kollege, der einmal einen Prospekt vom Casino mit ins Büro gebracht hatte – sie studierten ihn damals zu viert genau durch und diskutierten die Vorteile verschiedener Chancen, bis sie erkannten, daß alle Chancen gleich sind –, erzählte, daß sich die Croupiers immer bemühten, die Zahlen zu treffen, auf die großes Geld gesetzt wurde; dann bekommen sie nämlich große Trinkgelder.
Roland beschloß, sich an einen großen Spieler anzuhängen und ihm alles nachzumachen, natürlich mit kleinerem Einsatz. Er fand an einem Tisch einen Herrn um die Fünfzig, der mit Hundertern und Tausendern spielte. Roland fing an, ihn zu beobachten. Der Mann legte Chips für dreitausendsechshundert Mark auf den Tisch und sagte: »Zero-vier-vier – à maximum.« Der Croupier verteilte je vierhundert Mark auf die Null und auf vier Zahlen links von ihr und auf vier Zahlen rechts. Schlau, dachte Roland, ein Sektor von neun Zahlen, das ist ein Viertel des Kreises. Das kann doch der Croupier treffen, wenn er will.
Und tatsächlich, die Kugel landete in der Sechsundzwanzig, gleich neben der Zero. Der Spieler kassierte Vierzehntausend und gab vierhundert Mark für die Angestellten.
Roland setzte sich auf den freien Stuhl neben der eleganten Frau des Spielers. Als deren Mann wieder auf Zero-vier-vier setzte, meldete er dasselbe, allerdings nur à zwanzig Mark.
Es kam die Zwölf, und beide kassierten – der Mann

vierzehntausend, Roland siebenhundert Mark. Mit der Geste eines Weltmannes warf er einen roten Zwanzig-Mark-Chip für den tronc und spielte weiter Zero mit vier Nachbarn, wie der Große.

Die Kugel mied aber jetzt den Sektor um die Zero. Sie traf die Sieben und die Einundzwanzig, die gleich neben den von Roland gesetzten Zahlen lagen, dann lief sie ganz woanders hin ... Und jedes Mal verloren die beiden Verbündeten ihren Einsatz, der Große dreitausendsechshundert, der Kleine hundertachtzig Mark ...

Rolands schöne Nachbarin spielte fast nicht. Ab und zu setzte sie einen Hunderter auf Schwarz oder auf das mittlere Dutzend. Einmal setzte sie beides. Es kam die Siebzehn, sie gewann dreihundert Mark und freute sich, obwohl ihr Mann dabei dreitausendsechshundert verloren hatte.

Die rechte Hand der schönen Frau berührte ein paarmal Rolands linke, er war jedoch so vom Spiel absorbiert, daß er es kaum merkte – genausowenig wie die Blicke, die ihm diese Dame zuwarf. Die Kugel traf jetzt alle möglichen Zahlen, nur die nicht, auf die die beiden setzten. Roland schwitzte, wagte jedoch nicht, auszusetzen oder anders zu setzen – dann konnte ja die Kugel zurückkommen, zumal der Große auch immer das gleiche spielte.

Als die Kugel Roland zum dreiundzwanzigsten Mal Verlust brachte, drückte ihm seine Nachbarin fest die Hand. »Kommen Sie«, flüsterte sie, »kommen Sie von hier weg, sonst verlieren Sie Ihr ganzes Geld!«

Roland schaute die Schöne an und begriff, woher sein Pech kam. »Glück in der Liebe ...«

»Kommen Sie mit mir«, flüsterte die Frau. »Wir haben

hier im Hotel ein Zimmer. Mein Mann wird jetzt hierbleiben bis zum letzten Spiel, bis drei Uhr morgens. Er hat Geld genug. Und er kann es nicht ertragen, mit Verlust wegzugehen.«

Sie schleppte ihn an der Hand vom Tisch weg, und Roland ging gehorsam mit. Der Ehemann drehte sich nicht einmal um.

Im Zimmer sagte sie: »Ich heiße Patricia. Wollen wir uns duzen? Wie heißt du?« Dann umarmte sie Roland und küßte ihn leidenschaftlich. Ohne den Kuß zu unterbrechen, zog sie ihm die Jacke aus, lockerte die Krawatte und knöpfte das Hemd auf.

Mit zwei Bewegungen warf Patricia ihr teures Abendkleid ab. Sie hatte einen wirklich schönen Körper. Patricia zog Roland auf sich und liebte ihn gierig – obwohl Roland oben lag, führte sie die Regie.

Nach etwa zwei Minuten – Roland war eben dabei, so richtig in Fahrt zu kommen – bäumte sie sich auf, so daß sie seinen Körper in die Höhe trug, stöhnte, kreischte »du, du!« – und sackte plötzlich ab. Sie lag mit einem Mal ganz schlaff auf dem Rücken und fing an, leise und regelmäßig zu atmen. Roland kniete noch eine Weile und starrte auf die Frau . . .

Er versuchte sie aufzurütteln, sie schlief jedoch fest und reagierte überhaupt nicht.

Noch ganz benommen richtete sich Roland auf. Er stand wie eine Säule am Bett und versuchte zu begreifen, was ihm gerade geschah. Dann schüttelte er den Kopf, ging ins Badezimmer und nahm eine kalte Dusche. Als er schon angezogen war, entdeckte er auf dem Couchtisch eine Flasche Kognak und schenkte sich ein volles Glas ein.

In diesem Moment ging die Tür auf. Es war Patricias Mann.

Roland erschrak, der Mann beruhigte ihn jedoch mit einer lässigen Handbewegung. »Schenken Sie mir auch einen Kognak ein, aber nicht so viel… Prost, junger Mann.« Er nahm einen kräftigen Schluck. »Schade, daß Sie weggegangen sind. Kaum waren Sie weg, kam Zero-vier-vier zwölfmal hintereinander. Sie hätten gut gewonnen. Ich habe bei diesen Spielen über hundertzwanzigtausend Gewinn gemacht. Insgesamt bin ich heute über fünfzig Mille im Plus, da habe ich aufgehört.«

Roland starrte ihn stumpf an und sagte kein Wort.

»Na, kommen Sie mit in die Bar. Ich lade Sie zu einem Cocktail ein, die sind hier sehr gut. Meine Frau wird vor acht Uhr morgens nicht aufwachen.«

Wie ein Automat folgte Roland dem Mann in die Hotelbar.

»Der Cocktail ist wirklich sehr gut«, sagte Roland. Die Bardame drehte sich um und lächelte ihm zu. Es war eine sehr schöne Frau. Roland verfiel in Panik. Er stellte das halbvolle Glas auf den Tresen, stammelte: »Ich muß schon gehen…« und lief weg.

Er wußte nicht, wie er aus dem Hotel herauskam und ob er den richtigen Weg nach Hause nahm. Er hatte keinen einzigen Gedanken im Kopf. Es kreisten da nur einzelne Worte herum: »Glück«… »schöne Frauen…«

Roland lief vor sich hin, sah nichts und hörte nichts. Erst als er schon unter dem Wagen lag, sah er eine Frau, die sich über ihn beugte und hörte dann, wie sie um Hilfe rief. Ob sie schön war, konnte er nicht erkennen.

Die Katzenfrauen

Die Frau ist das älteste Forschungsobjekt des Mannes. Der Stand des männlichen Wissens ist jedoch – trotz Jahrtausende währender Bemühungen des ganzen Geschlechts und jahrzehntelanger Anstrengungen der einzelnen – nach wie vor gering. Deshalb müssen wir uns auch bei diesem bescheidenen Versuch, einen Beitrag zur Typologie der Frauen zu leisten, auf Erkenntnisse und Vergleichsmaterial einer viel weiter entwickelten Wissenschaft stützen, nämlich der Zoologie.

1. Die *Luxuskatze* ist ästhetisch, anschmiegsam, dekorativ, repräsentativ und – teuer. Für Arbeit – ob berufliche oder häusliche – ist sie ungeeignet, sie würde sie als Beleidigung und als Bedrohung ihrer Luxusexistenz empfinden. Von allen mit der Arbeit verbundenen Dingen kennt sie nur die Pflege der eigenen Person – was allerdings zu ihren vertraglichen Pflichten gehört – und das sogenannte Arbeitsessen. Außer von ihnen ernährt sie sich auch von Empfängen, Partys und guten Restaurants. Sie ißt übrigens nicht viel (Figur!). Wenn sie gezwungen ist, zu Hause zu essen, begnügt sie sich mit Kaviar, Austern oder rustikaler Leberwurst, je nach dem, was eben in ist.

Die Luxuskatze ist ein begehrtes Haushaltsobjekt für ältere Leitochsen, abgestandene Playboys und andere statusbewußte Herren, falls sie sich eine leisten können. Falls sich der Partner zu der Zeit, in der er sich eine Luxuskatze leisten kann, keine Scheidung leisten kann, tritt sie auch als Empfangsdame oder sogar Sekretärin auf, sofern für die Arbeit andere Sekretärinnen vorhanden sind.

Ein Kater heiratet nie eine Luxuskatze, hat jedoch grundsätzlich nichts dagegen, ab und zu mit einer zu schlafen. Diese Beziehungen sind jedoch selten, weil die Luxuskatze ein sehr bewußtes Verhältnis zum Sex als Ware hat.

Solange sie großzügig behandelt wird und die materiellen Voraussetzungen stimmen, gibt sie ihrem Mann so viele Streicheleinheiten wie er verdient und flirtet nur fast ausschließlich mit Männern, die für die Geschäfte ihres Mannes wichtig sind.

Da für sie Sex als Erlebnis nicht besonders wichtig ist, ist sie anpassungsfähig und bemüht sich. Wenn es nicht gegen die Mode ist und Personal zur Verfügung steht, kann sie ein bis zwei Kinder haben. Sie sorgt dafür, daß die Kinder gut umsorgt werden – vom Personal, beziehungsweise in einem vornehmen Internat –, daß sie Sprachen, gute Manieren, Klavier, Reiten und Tennis lernen. Nicht selten macht sich die Luxuskatze persönlich die Mühe, die Kleidung für ihre Kinder auszuwählen, denn sie müssen ihre repräsentative Mutter gut repräsentieren. Wenn sie in ihren Bemühungen Erfolg hat, werden ihre Kinder zur Zierde eines jeden Interieurs.

Falls die Luxuskatze eine Tochter hat, die äußerlich nicht allzu sehr dem Vater nachgeraten ist, versucht sie auch aus ihr eine perfekte Luxuskatze zu machen.

So entsteht ein Teil der reinrassigen *echten Luxuskatzen*, die sich seit ihrer Geburt auf ihre einzige Lebensaufgabe vorbereiten: ein vorzeigbares Spielzeug zu sein. Den zweiten Teil dieser Untergattung bilden Töchter von ambitionierten Hauskatzen, die es nie selbst zur Luxuskategorie gebracht haben und ihre Nachkömmlinge für dieses Ziel trainieren. Falls finanzielle Schwierigkeiten oder die Abwehr der Töchter ihre Pläne nicht durchkreuzen, werden diese auch zu *geborenen*, das heißt *echten* Luxuskatzen, gleichwohl ohne Stammbaum. Der Stammbaum ist jedoch in unserer demokratischen Zeit, in der nur das Geld und das, was man dafür kaufen kann, zählt, nur selten von Bedeutung.
Eine weitere Untergattung der Luxuskatze sind die *Selbstgezüchteten*. Es sind Katzenfrauen unterschiedlicher Herkunft, die sich aus eigenem Antrieb zur Qualifikation und Position einer Luxuskatze durchgekämpft haben. Die Selbstzucht-Luxuskatzen sind gefährliche Jägerinnen, die ihr erobertes Revier eifersüchtig hüten, ihre Beute fest in den Krallen halten und mit ihr manchmal grausam herumspielen.
Sie sind meistens intelligenter und ganz sicher energischer als die durch gewohnten Luxus verweichlichten echten Luxuskatzen, was für den Mann nicht immer von Vorteil ist. Sie neigen zu übertriebenem Perfektionismus und überempfindlichem Standesbewußtsein.
In der Regel erfüllen sie pflichtbewußt und professionell, was sie ihrem Käufer und Luxusspender versprochen haben, auch im Bett (Wasserbett, Louis XV, oder moderne künstlerische Kreation). Dagegen bestehen sie unerbittlich auf allem, was ihnen zusteht, auch im sexuellen Bereich. Deshalb besorgen sie sich häufiger als die

trägen Echten außerhäusliche sexuelle Aushilfe (sie sind ja auch intelligenter und verstehen mehr vom Leben).

Andererseits können sie auch dankbar sein, hängen mehr am Eroberten, somit auch an dem Mann, der ihnen geholfen hat, ihr Berufsziel zu verwirklichen. Sie bieten ihm auch meistens – aber nicht immer – mehr menschliche Treue (was mit dem monogamen oder polygamen Sexualverhalten nichts zu tun hat). Besonders, wenn der Mann in Schwierigkeiten gerät, kann ihm seine geborene, echte Luxuskatze selten helfen, selbst wenn sie es will, weil sie fast immer – ausgenommen Situationen, in denen sie ihre erotischen Reize einsetzen kann – hilflos ist. Eine Selbstzucht-Luxuskatze kann es. Sie kann aber den Mann auch rücksichtslos verlassen. Dies hängt von vielen Umständen ab, auch von ihrem Alter.

Eine Luxuskatze ist alt, wenn sie nicht mehr repräsentativ ist. Nicht selten wird sie dann ausgesetzt und durch eine neue ersetzt. Da sie dabei nicht ohne Mittel bleibt, kauft sie sich oft einen jungen repräsentativen Luxuskater und entdeckt die Sexualität. Paradoxerweise wünscht sie sich als Mutter einer jungen Luxuskatze einen rassigen Kater zum Schwiegersohn, obwohl sie die Tochter auf Fang von Leitochsen getrimmt hat.

Im Hause gehaltene Luxuskatzen verwandeln sich im Alter in einfache Hauskatzen, in Glucken oder in unbedeutende Teile des Hausinventars.

2. Die *Hauskatze* ist ein Sammelbegriff für mehrere Arten. Im allgemeinen ist sie, wie Prof. Schmeil sagt, »ein lieber Hausgenosse. Wir freuen uns über ihre Zutraulichkeit und Reinlichkeit.« Nicht auf alle Arten

der Hauskatzenfrauen trifft dagegen im vollen Umfang die folgende Feststellung des Gelehrten zu: »Sie hängt jedoch mehr am Haus als am Menschen. Zieht dieser in ein anderes Haus, so bleibt sie nicht selten im alten zurück.« Allgemein gültig ist dieser Satz in Scheidungsfällen in bezug auf ihr Revier, da alle Katzen einen ausgeprägten Besitzinstinkt haben.

Da wir über die Luxuskatzen ausführlich berichtet haben, wollen wir aus diesem Kapitel die *unechte Hauskatze* ausschließen. Mit Absicht wird hier die verbreitete Bezeichnung *»falsche Hauskatze«* vermieden, um dem aus der Haustierhaltung kommenden Vorurteil, daß alle Katzen falsch seien, zu begegnen. Hier wird der katzenspezifische Drang zur Unabhängigkeit, der nur bei der parasitären Luxuskatze geschwächt ist, mit Falschheit verwechselt.

Die *unechte* Hauskatze ist eine gescheiterte Möchtegern-Luxuskatze, die, in die Position einer Hauskatze und somit zur Arbeit gezwungen, psychisch eine Luxuskatze für Arme bleibt. Sie ist ein besonders unangenehmer, weil verbitterter und nie zufriedener Hausgenosse; sie drangsaliert den Mann das Leben lang mit überhöhten Forderungen.

Die *echte Hauskatze*, egal welcher Art, unterscheidet sich sehr von ihrer Luxusschwester. Sie ist oft schöner und anmutiger als jene, nur eben nicht luxuriös. Ihre Ernährungsart ist ganz anders – meistens ernährt sie sich selbst, nicht selten bringt sie noch Mäuse nach Hause.

Die Hauskatze hat eine positive Einstellung zum Kinderkriegen und auch zum Prozeß ihrer Produktion. Partner sucht sie sich nach eigenem Geschmack. Mei-

stens sind es fleißige Einholer und tüchtige Kater, manchmal nur das zweite. Auf einen faulen echten oder Möchtegern-Luxuskater fällt sie jedoch nur selten rein. In der Partnerschaft legt sie großen Wert auf ihre Unabhängigkeit, versucht auch zu dominieren, nicht ohne Erfolg, unterdrückt jedoch den Partner nicht. Auch den Kindern überläßt sie weitgehende Selbständigkeit, obwohl sie keine Anhängerin der antiautoritären Erziehung ist. Sie interessiert sich überhaupt nicht für pädagogische Theorien, handelt instinktiv und impulsiv.
Sie ist launisch, manchmal kümmert sie sich um die Familie überhaupt nicht, manchmal quält sie sie mit übertriebener Fürsorge. Wenn sie schlechte Stimmung hat, bekommen die Kinder ihre Krallen zu spüren – ebenso der Mann. Von physischer Treue hält sie nicht viel (Unabhängigkeit!), dafür ist sie meistens als Verteidigerin der Familie zuverlässig, wenn eine Gefahr droht.
Sie kann aber auch mir nix dir nix aus plötzlichem Entscheid mit einem fremden Kater weglaufen.
Eine Hauskatzenfrau ist eifersüchtig, und auch als Nachbarin verträgt sie sich mit anderen Katzenfrauen schlecht.
Wird eine Hauskatze in luxuriöse Bedingungen versetzt, hat das oft schlimme Folgen, besonders, wenn es in einigermaßen fortgeschrittenem Alter passiert, was wohl die Regel ist. Sie verwandelt sich dann in eine vulgäre Karikatur der Luxuskatze.
Einzelne Arten der Hauskatzen unterscheiden sich hauptsächlich nach der Stufe ihrer Domestizierung, das heißt Häuslichkeit. Am wenigsten häuslich sind die *Halbherz-Hauskatzen*, die vorhäuslichen *Berufsjägerin-*

nen. Sie sind dafür praktischer, geistig besser entwickelt und – sie bringen die meisten Mäuse.

Die Frage, wer launischer ist, ob die streßgeplagten Halbherz- oder die gelangweilten *Nurhauskatzen*, läßt sich wissenschaftlich nicht beantworten.

Die schlimmste Variante, noch schlimmer als die Unechte, also Möchtegern-Luxuskatze, ist die Hauskatze, die eine Wildkatze spielen will. Diese Kombination kann kein Mann ertragen.

3. Die *Wildkatze* ist eine absolut nicht domestizierte Hauskatze. Sie ist die temperamentvollste und erotisch reizvollste aller Katzen. Dies freilich nur für Männer ohne sexuelle Komplexe. Sie ist jedoch imstande, jedem Mann Komplexe zu verschaffen. Sie kann nur heiß und treu lieben und übertreibt dies ins Unerträgliche. Sie übertreibt alles: die Sexualität, das Anhimmeln des Geliebten, die Eifersucht, den Besitztrieb, die Herrschsucht, das Prestige-Bedürfnis. Das letztere bewirkt, daß die Wildkatze paradoxerweise ihrem Liebesgötzen jeden Erfolg abstreitet, vor allem im Bett. Man langweilt sich mit einer Wildkatze nie, auf die Dauer ist sie jedoch nur als Ehefrau eines anderen erträglich.

Wer zahlt die Schönheitssteuer?

Eine Gelehrtenrunde diskutierte neulich über wirkliche – nicht nur gesetzliche – Chancengleichheit der Menschen. Bei dieser Diskussion fiel auch die Frage, ob schöne Frauen nicht mit einer Sondersteuer belegt werden sollten, weil ihnen ihre Schönheit zusätzliche Chancen im Lebenskampf bietet.

Für die strapazierten Staatsfinanzen wäre so eine Frauenschönheitssteuer ein fetter Brocken. Es gibt nämlich keine unschönen Frauen. Ob diese Steuer die gewünschte Wirkung haben würde, nämlich die Chancen einer schönen Frau zu mindern, ist zu bezweifeln. Im Gegenteil, sie würde ihr neue Vorteile in unserer ausschließlich preisorientierten Welt verschaffen. Man kann schon die Heiratsanzeigen voraussehen: »Blondine, 28/164/56, 3000 DM Schönheitssteuer monatlich, sucht finanzstarken Lebenspartner.«

Je mehr Steuer eine Frau zu zahlen haben wird, um so größere Chancen wird sie haben.

Es könnte die erste Steuer in der Geschichte der Menschheit werden, die man freiwillig zahlt, ja man wird sich darum reißen, die Höchstsätze zahlen zu dürfen. Man wird nicht einmal Bemessungskommissionen einsetzen müssen – eine freiwillige Steuererklärung wird dem Staat genug Mittel einbringen.

Es wäre auch sehr schwierig, solche Kommissionen zusammenzusetzen. Männliche Mitglieder würden in schwere Gewissens- und Interessenkonflikte geraten. Aus Prestigegründen und aus Angst vor privaten Sanktionen müßten sie ihre eigenen Frauen und Freundinnen in die höchsten Kategorien einstufen – was mit ihren ökonomischen Interessen und bei vielen Verheirateten mit ihrer Überzeugung kollidieren würde. Aber auch wenn es um fremde Frauen geht, könnte eine objektive, das heißt nach subjektivem Geschmack ausgerichtete Beurteilung zu großen Komplikationen führen, vor allem zu Hause.

Eine Frauenkommission würde fast alle Frauen von der Steuer befreien, nur sich selbst und einige besonders unattraktive, konkurrenzunfähige Geschlechtsgenossen besteuern.

Nichtmilitante Lesbierinnen würden als Kommissionsmitglieder die gleichen Probleme haben wie Männer und Frauen.

Feministinnen würden fast alle Frauen mit Steuern belegen: aus ideologischen Gründen, weil weibliche Schönheit ein Zugeständnis an männliche Ausbeuter ist, und aus privater Rache.

So oder so – da man auch die strengsten Kommissionen überrumpeln kann, würden alle Frauen die Schönheitssteuer zahlen.

Somit verstößt dieses Projekt gegen das Verfassungsprinzip von der Gleichheit der Geschlechter und kann nicht realisiert werden.

Gut so. Sonst hätten im Endeffekt wir Männer es bezahlen müssen.

Enthüllung

Sie waren alle jung, ernst und leidenschaftlich. Sie wollten für die Menschheit volle Arbeit leisten. Bruchteile, Einzelheiten und Körnchen verschmähten sie. Nur das Ganze war für sie ganz genug.
A. war Publizist. Er wollte den Menschen die Wurzeln des Bösen enthüllen.
B. war Moralist. Er wollte den Menschen die Wohltat des Guten enthüllen.
C. war ein Ästhet. Er wollte das Schöne enthüllen.
D. war ein Poet, er wollte allen sein Inneres enthüllen.
E. war Naturwissenschaftler, er versuchte die komplizierten Gesetze des Lebens zu enthüllen.
F. war Historiker, G. Politologe, H. Futurologe, sie wollten die Gefahren enthüllen, die der Menschheit drohten, drohen und drohen werden.
Sie bemühten sich sehr. Aber alles, was herauskam, waren nur winzige Bruchteile.
Als sie älter und weiser geworden waren, vereinigten sie ihre Kräfte, um alles auf einmal zu enthüllen.
Sie entdeckten den Striptease.

Tiefe

Der Dichter wollte
so tief wie möglich
in die Innenwelt
seiner Geliebten
eindringen.

Es waren
genau
16 cm.

Wenn jemand einer Sexbombe einzureden versucht, er sei eine Sexkanone – ist das militärische Propaganda?

Ängste des schwächeren Geschlechts

Ich habe keine Angst vor Frauen«, sagte der schüchterne Jüngling. »Tausende von ihnen habe ich in meiner Macht, sie verwöhnen mich und passen sich jedem meiner Wünsche an, denn sie sind Geschöpfe meiner Phantasie. Die realen Frauen interessieren mich nicht – sie sind überheblich, spöttisch und anmaßend. Außerdem riechen sie abstoßend nach Parfüm und Seife, statt verlockend nach Schweiß.«

»Die Angst vor der Frau ist die Angst vor der unergründlichen, bedrohlichen, allesfressenden Natur, deren Verkörperung die Frau ist«, meinte der Philosoph. »Das Männchen ist ein Nebenprodukt, ein Luxusartikel, das die Natur den Weibchen als Lieferanten von Zutaten zum Gencocktail schenkte. Und – auch in diesem Geschäft ist die Kundin die Königin.«

»Wie soll ich keine Angst vor meiner lieben Frau haben?« fragte ein Herr mittleren Alters, in guter Position, verheiratet, zwei Kinder, stolz darauf, daß er die Familie gut ernähren konnte und seine entzückende Frau beruflich nicht arbeiten mußte. »Sie kann mich ja zu jeder Zeit auf tausend verschiedenen Arten bestrafen – angefangen mit versalzener Suppe bis hin zur Migräne, wenn ich zärtlich werden will. Und was kann ich? Mich scheiden lassen? Um in einer neuen Verbindung alles von neuem zu erleben? Meine Frau ist Gott sei Dank vernünftig, sie tut zumindest vor anderen Leuten so, als ob ich das Sagen in der Familie hätte, sie versucht mich nicht herabzusetzen. Damit muß man schon zufrieden sein.«

»Die Männer waren immer von den Frauen abhängig«, stellte der Wissenschaftler fest, »und sind es auch heute ihr Leben lang. Schon darüber, ob ein Mann zur Welt kommt, befinden die Frauen, denn in der ganzen Natur sind es die Weibchen, die darüber entscheiden, ob sie die Paarung zulassen. Dies gilt auch für Menschen, von den schlimmen, aber statistisch unerheblichen Fällen der Vergewaltigung abgesehen. Wenn ein Mann glaubt, er sei der Eroberer, ist er wie eine Maus, die glaubt, sie jage die Falle. Die Erziehung der Männer, also das Kommando über sie, hatten immer die Frauen – schon in den vielen Jahrtausenden, in denen man noch gar nicht wußte, daß ein Kind das Ergebnis des Zeugungsaktes ist, und in jenen, als die Vaterschaft keine Rolle spielte, weil alle Kinder gemeinsam von der Sippe ernährt wurden. Die scheinbare Macht, die die Männer heute haben, wurde ihnen von Frauen geschenkt, die sie losschickten, die Horde, die Sippe oder die Familie zu ernähren und ihnen als Krieger den Lebensraum zu sichern – man mußte ja diese menschliche Unterart irgendwie auch in der Zeit beschäftigen, in der sie für Zeugung nicht gebraucht wurde. Somit haben die Männer auf ihrem Tätigkeitsgebiet die Entscheidungsgewalt gewonnen – nur da. Jetzt sind aber die Männer klüger geworden, zumindest ein Teil von ihnen: Sie fördern die Frauenemanzipation – sollen doch auch die Weiber schuften! Indem sie in die gesellschaftliche Verantwortung genommen werden, besetzen sie einen Teil der Machtpositionen, geben dafür aber einen Teil ihrer ewigen weiblichen Macht auf.«

»Wie sollen wir keine Angst haben«, regte sich ein Zeitgenosse auf, »wenn man uns dauernd angreift, verunsichert, lächerlich macht, immer neue Forderungen an uns stellt und mit allen möglichen Strafen droht – bis zur Kastration? Wenn ich mit einer Frau anzubandeln versuche, bin ich froh, wenn sie nicht will. Ich weiß ja nicht, welche Sexfibel sie gelesen hat, also, wieviel ich im Bett leisten muß, um nicht ausgelacht zu werden.«

»Der Mann soll Angst haben, er soll vor Frauen tags und nachts zittern«, schrie eine Emanze, »dieser Chauvi, dieser Macho, dieser Ausbeuter der Frauen! Diese mißlungene Karikatur einer Frau, durch eine krebsartig ausgewucherte Klitoris verunziert, jenes kleine Stückchen Fleisch, auf das er so große Stücke hält! Er hat Angst, wie jeder Tyrann, der die Macht unberechtigt an sich zog, wenn sich die Unterdrückten erheben. Macht ihm Angst auf jedem Schritt und Tritt, macht ihm Angst und verunsichert ihn so lange, bis er keinen mehr hochkriegt! Dann wird sich die Kreatur Mann vor Scham und Ohnmacht in die dunkelste Ecke verkriechen, und wir Frauen werden in mit Staubsaugern herausholen und auf die Misthaufen der Geschichte und der Biologie räumen.«

»Die Männer sind das kräftigere, aber schwächere Geschlecht«, meinte lächelnd die alte Matrone, die ihre Sippe seit Jahrzehnten weise regierte. »Ihre Kraft ist für die Arbeit und für den Krieg gut. Sonst sind sie uns Frauen nicht gewachsen, unserer Lebenskraft, unserer Ausdauer und Beharrlichkeit, unserer Geduld und Fähigkeit, Widrigkeiten zu ertragen. Den Göttern sei Dank, haben sie das Ding, auf das sie so stolz sind, das sie kriegerisch wie einen Speer herausstecken, und glauben, daß sie damit die Welt erobern können. Dieses Ding, das übrigens uns Frauen gehört, weil es geschaffen wurde, um uns Freude zu machen, eben dieses Ding macht sie schwach. An ihm führen wir sie, wohin wir wollen, wie Kinder an einem Riemen ein Lämmchen führen, mit dem sie herumspielen. Die Männer sind schwach, deshalb lechzen sie nach Anerkennung und äußeren Zeichen der Macht. Sollen sie sich doch mit Titeln, Federn und anderem Zierat schmücken, sollen sie sich aufplustern und mit Siegen prahlen – das tun sie doch alles nur, um uns zu imponieren! Wir lassen sie bei Feiern große Sprünge und große Worte machen – sollen sie sich doch stark fühlen, dann sind sie auch stärker für die Freuden der leiblichen Vereinigung. Daheim, auf der Liege und am Tisch, hat noch immer jede kluge Frau auch den größten Helden herumgekriegt – die jungen Frauen mit den Waffen der Jugend, die reiferen mit dem Verstand des Alters.«

»Biologisch gesehen«, sagte ein Arzt, »ist der Mann im sexuellen Nahkampf immer klar der Schwächere gewesen. Früher konnte er es durch große Gebärden kaschieren, zum Teil auch dadurch, daß die Frauen über ihre Bedürfnisse und Ansprüche nicht aufgeklärt waren. Seit Sex zum öffentlichen Gespräch geworden ist, fühlt man sich bei jedem Geschlechtsakt gleichsam von einem millionenäugigen Voyeur beobachtet und bei jeder Schwäche der Lächerlichkeit preisgegeben. Und – je unsicherer ein Mann wird, um so weniger kann er leisten.«

»In meinem Alter hat man Angst, abgewiesen zu werden«, meinte ein älterer Herr, »der Sieg ist einem zwar nicht so wichtig wie in der Jugend, die ›Niederlage‹ aber um so schmerzhafter, weil man sie seinem Alter zuschreibt. Wird man nicht abgewiesen, hat man Angst zu versagen. In einer festen Beziehung fällt dies zwar weg, man hat aber Angst, häufiger beansprucht zu werden, als es einem lieb ist. Man hat also Angst vor allen Frauen.«

»Sie fragen mich, Madame, ob ich Angst vor Frauen habe?«, sagte ein altfranzösischer Kavalier. »Nein, meine Schöne. Angst kann man nur vor einer Frau haben, die einen seiner Freiheit beraubt. Wenn man mehreren Damen dient, wird man von allen seinen Gebieterinnen vor jeder von ihnen geschützt.«

Jungs hören auf, Briefmarken zu sammeln, sobald sie angefangen haben, Mädchen zu der Besichtigung ihrer Sammlung einzuladen.

Casanova, der freie Mann

Der venezianische Weltbürger des 18. Jahrhunderts Giacomo Casanova hat einen utopischen Roman, historische Arbeiten, mathematische Abhandlungen, literarische Polemiken, Bühnenstücke und Libretti geschrieben – davon wissen aber nur Spezialisten. Jeder kennt dagegen – mindestens vom Hörensagen – seine Memoiren. Casanovas Liebesabenteuer haben das Buch populär gemacht, das übrigens nicht nur Bettgeschichten, sondern auch ein buntes und plastisches Bild der Zeit liefert, dessen Wahrhaftigkeit die Historiker bestätigen.

Wird Casanova damit Unrecht getan, daß er nicht als gelehrter Schriftsteller, sondern nur als Abenteurer und kühner Liebhaber berühmt geworden ist? Nun, es gibt viele berühmte Literaten, aber nur einen Casanova. Casanovas Ruhm ist wieder einmal ein Beweis dafür, daß sich für das Liebesleben mehr Menschen interessieren als für mathematische Theoreme oder literarische Diskussionen.

Freilich, Casanovas Ruhm ist ein wenig zweideutig. Nennt man jemanden einen »Casanova« im Sinne von »Frauenheld« –, kann es ein Beweis der Bewunderung, aber auch eine Beschimpfung sein, je nachdem, wer es sagt. Im negativen Sinne gebrauchen das Wort vorwie-

gend Neider, Frauen, für die keiner bereit ist, Heldentaten zu vollbringen, und Männer, die keiner solchen fähig sind. Für mich ist ein »Frauenheld« ein Mann, der für die Frauen zum Heldentum bereit ist. Die zweite Bedeutung des Wortes – »einer, der nur Frauen gegenüber ein Held ist« – lehne ich als unlogisch ab: Denn Frauen gegenüber ein Held zu bleiben, ist das allerschwerste, das haben selbst die mutigsten Kriegshelden erfahren.
Ich wundere mich darüber, daß die Frauenrechtlerinnen Casanova noch nicht zu ihrem Heiligen erklärt haben: Er war doch ein emanzipierter Mann, der schon im 18. Jahrhundert die Frauen als gleichberechtigte Partner betrachtet und behandelt hatte, er versuchte nie, sie der herrschenden Moral unterzuordnen oder unter das Ehejoch zu bringen. (Hatte er als ganz junger Mann ab und zu die Absicht, ein Mädchen zu heiraten, besann er sich doch immer rechtzeitig eines Besseren.)
Casanova war nicht nur in seiner sexuellen Tätigkeit Vorkämpfer der Emanzipation. Sofern man die Frauenemanzipation nicht nur als das Recht betrachtet, am Fließband arbeiten zu dürfen, ist sie nur zusammen mit der allgemeinen Emanzipation aller Menschen erreichbar. Casanova war ein freier Mensch. Er schaffte es immer wieder, auf Geld, Posten und Karriere zu verzichten, um so zu leben, wie er wollte, und dorthin zu gehen, wohin es ihn zog. Deshalb nannte man ihn einen »Abenteurer«. Wer für die Freiheit aller kämpft, ist ein Freiheitskämpfer, wer es wagt, sich für die eigene Freiheit einzusetzen, ist ein Abenteurer.
Ist das gerecht? Erstens, wenn nicht jeder einzeln frei ist, kann auch die Allgemeinheit nicht frei sein. Zweitens,

es ist leichter, für die allgemeine Freiheit zu kämpfen als für die eigene. Man ist dabei nicht allein. Und man kann zu neunundneunzig Prozent sicher sein, daß man das Ziel nicht erreicht, daß man also nicht von der erreichten Freiheit auch selbst Gebrauch machen muß.
Wer von uns kann mit gutem Gewissen behaupten, daß er frei ist? Oder mindestens, daß er es wirklich will?
Es geschah also zu Recht, daß der freie Mann Giacomo Casanova durch sein Leben und nicht durch sein literarisches Werk berühmt geworden ist. Auch wenn viele seiner Liebesabenteuer wohl Kinder seiner literarischen Phantasie waren.

Der Spiegel ist für uns ältere Jahrgänge ein Helfer,
aber kein Freund.

Krawatte an sich

Wozu ist eine Krawatte gut? Im Unterschied zu bäuerlichen Halstüchern, von denen sie stammt, schützt die Krawatte den Hals vor Kälte nicht. Die einzige praktische Anwendung der Halsbinde, die ich feststellen konnte, ist, daß man mit ihrer Hilfe gelegentlich einen Fleck auf dem Hemd verdecken kann, beziehungsweise verbergen, daß der Kragenknopf fehlt. Sonst kann man sich an einer Krawatte nur noch aufhängen.

Vielleicht sollte man eben in dem Knoten, der uns wie ein Memento mori nicht frei atmen läßt, den mystischen Sinn des Krawattentragens suchen. Es wäre als Symbol einer streng asketischen Sekte verständlich, deren Hauptgebot die Opferbereitschaft ist; oder eines Vereins von Pessimisten, die die Misere des Lebens dadurch demonstrieren, daß sie immer ein Selbstmordinstrument um den Hals tragen.

Beim Militär hat die vorgeschriebene Krawatte den gleichen disziplinierenden Sinn wie glänzende Knöpfe und blankgeputzte Stiefel: Der Soldat darf nie vergessen, daß er nicht frei ist.

In der Frauenmode konnten sich Krawatten nie lange halten. Eine Frau, die sich den Hals verschnüren will, zieht vernünftigerweise eine Perlenkette vor.

Typisch Mann: Wenn er sich schmücken will, wählt er etwas, das nicht allzu teuer, dafür aber unbequem ist. Damit er dem Weibe signalisieren kann: »Siehst du, deinetwegen bin ich bereit, auch so was zu ertragen!«
Nur mit der Bereitschaft, seine Freiheit aufzugeben, kann der Mann eine Frau überzeugen. Möglicherweise soll die Krawatte auch seine tugendhaft ernsten Absichten anzeigen – ein Liebesakt mit Krawatte wäre schrecklich und lächerlich.
Daß Krawatte Schmuck ist, ist zweifellos. In den Zeiten der graudunklen Männermode war sie die letzte farbige Pfauenhahnfeder im äußeren Bild des Mannes. Man trägt sie also auch aus ästhetischen Gründen. (Ästhetisch ist nur, was nutzlos ist.)
Die schmückende Wirkung der Krawatte ist jedoch nur eine Sache der Konvention. Würde man einst die Konvention aufgeben, wird die Krawatte genauso komisch wirken wie die Schlafmütze unserer Vorfahren.
Die Krawatte war lange ein Standes- oder Statussymbol, verliert aber rasch diese Bedeutung. Nur in Moskau oder in Ost-Berlin wurde man einst ohne Krawatte in ein Restaurant nicht hineingelassen.
Ich habe noch immer niemanden getroffen, der mir vernünftig erklären könnte, wozu die Krawatte gut ist. Nur einen Sportler – der meinte aber den Würgegriff.

Kartoffelschälen ist Schicksal

Ich kenne Männer, die die schwierigsten Arbeiten verrichten – wie Bergleute, Brückenbauer oder meinetwegen Urwaldforscher –, wenn es aber an das Kartoffelschälen geht, versuchen sie sich zu drücken. Und wenn sie dieser im Grunde harmlosen Arbeit nicht ausweichen können, empfinden sie es als einen Schicksalsschlag.

Zu meiner Zeit, als ich Soldat war, war die Zuteilung zum Kartoffelschälen – es gab noch keine Maschinen zu diesem Zweck – eine bei Unteroffizieren beliebte Strafe und Schikane. Wir haben mit unseren Taschenmessern so grob geschält, daß die Hälfte der Kartoffeln verlorenging. Eine Armee ist jedoch wie eine Witz-Ehefrau: Eine Institution zur Verschwendung des Geldes, das andere verdient haben.

Ich kann darüber von einer höheren Warte berichten, denn ich schäle jetzt Kartoffeln eigentlich ganz gern. Vor allem, wenn ich am Schreibtisch viel zu tun, aber keine Lust zu arbeiten habe. Es ist eine ganz angenehme Beschäftigung, bei der man nachdenken kann und bei der einem genauso gute Ideen kommen wie beim Rasieren oder Baden.

In jüngeren Jahren aber, obwohl ich als Junggeselle ganz gut kochen konnte, gab es bei mir als Beilage nur

Reis oder fertiggekaufte Nudeln, die Rettung aller Junggesellen. Damals haben mich die Frauen meiner Freunde – wenn ein Mann um die Dreißig ist, hat er meistens nur verheiratete Freunde – oft zum Essen eingeladen. (Ein Junggeselle genießt – die Gründe sind mir nur zum Teil klar – das Mitgefühl aller verheirateten Frauen, alle sind bereit, ihn zu bemuttern. Für einen Geschiedenen gilt es nur in den ersten Monaten; dann wollen ihn – hier sind die Gründe klar – nur noch unverheiratete Frauen bemuttern.)

Damals also hat man mich gefragt: »Was soll ich für dich kochen, was du selbst nicht kochst und nicht im Restaurant bekommst?«

Und ich sagte immer: »Vor allem eine große Portion Salzkartoffeln mit Butter.« Denn – es gibt Restaurants, in denen man die erlesensten Speisen essen kann, aber richtig gute frische Salzkartoffeln kriegt man fast in keinem Restaurant der Welt.

Mein Freund Karl hat wegen des Kartoffelschälens geheiratet. Das heißt nicht nur deswegen – die Lydia hat bei ihm auch aufgeräumt (dies war, weiß Gott, keine leichte Aufgabe) und sogar den Boden geschrubbt. Als er mir das mit Begeisterung erzählte, habe ich ihm geraten – da er schon ohnedies zweimal geschieden war –, die Beziehung sofort abzubrechen. Er hörte nicht auf mich – und heiratete die liebe Lydia nach kurzer Zeit. Dann hat er sich wegen des Kartoffelschälens zum drittenmal scheiden lassen. Das heißt nicht nur deswegen – sie haben sich auch gezankt und ab und zu gegenseitig geschlagen. Im Grunde aber war Karl ein weicher, nachgiebiger und gehorsamer Kerl. Seine Geduld platzte erst, als er wieder Kartoffeln schälen mußte.

Mein französischer Freund Pierre übernimmt immer das Kochen, wenn Gäste kommen sollen, die Eva darf dann nichts anfassen. Als ich mal bei denen war, schleppte er ganze Berge von Zutaten an – sie wohnen in einem Beton-Vorort von Paris, im zehnten Stock, und zufällig funktionierte damals der Aufzug nicht. Er beriet sich mehrmals mit seinem Weinhändler über die passenden Weinsorten; er mühte sich ab mit diversen Pasteten und verbrachte drei Tage mit der Zubereitung einer Ente in Olivensauce (die wir dann nach den vielen Vorspeisen kaum noch essen konnten). Aber Kartoffelschälen – das wird er nie tun!

Ich weiß nicht, was die Männer so gegen diese unschuldige Tätigkeit aufbringt: Mannesstolz, Mangel an Geduld oder irgendwelche Erinnerungen aus der Militärzeit.

Man darf allerdings nicht verallgemeinern. Ich schäle immerhin Kartoffeln ohne besonderen Widerwillen. Und eine halbe Milliarde Chinesen – ein Viertel der männlichen Bevölkerung der Welt – kennt keine Kartoffeln.

Eigentlich schade – die Chinesen sind für ihre Geduld bekannt: Hätten sie Kartoffeln gegessen, würden sie sie sicher auch gern schälen.

Essen, Sex und Liebe

Man möchte eine Frau oder einen Mann »vernaschen«, man hat jemanden »zum Fressen gern« – diese Vermischung des Vokabulars vom Eßtisch und vom Liebesbett erweckt den Eindruck, daß Liebe und Essen austauschbar wären, daß das eine das andere ersetzen kann. Fehlschluß! Auch wenn man häufig behauptet, Essen wäre eine Ersatzhandlung für mangelnden Sex, schöpfen die oben erwähnten Metaphern nur einen Vergleich aus dem Bereich der größten Genüsse, nicht mehr.

Der deutsche Spruch »Liebe geht durch den Magen« gibt sogar dem Essen Vorrang. Er hat nicht ganz unrecht, ist aber, wie jede Spruchweisheit, nur halb wahr. Ich erlaube mir, mich selbst zu zitieren: In dem Text »Ein fetter Hahn ist selten schlecht« (in meinem Buch »Unordnung ist das ganze Leben«) schrieb ich: »Das Essen ist kein Ersatz für Sex, sondern – auch – seine Voraussetzung. Ein ausgehungerter Mensch hat keine Gedanken an Sex, und hätte er sie, fehlte ihm die Kraft, sie zu verwirklichen [...] Für Sex und fürs Essen würde ich nie einen Ersatz empfehlen.« Und: »Würde eine Frau einen normalen Mann vor die Wahl zwischen Liebe und einem üppigen Mahl stellen, muß er schon sehr hungrig sein, um das zweite zu wählen; oder aber eine andere Frau in Reserve haben, zu der er nach dem Essen gehen kann.«

Die Wissenschaftler widerlegen zwar meine Behauptung über die Hungernden, was mich nicht stört, weil ich häufig anderer Meinung bin als die Wissenschaftler: Angeblich denken Fastende am dritten Tag sehr intensiv und euphorisch an Sex und haben erotische Träume. Das ist aber wohl eine Panikreaktion des Organismus – er wähnt sich dem Hungertod nahe und ist bestrebt, noch im letzten Moment seine Gene weiterzugeben. Mit vergnüglichem Sex hat das nicht viel zu tun und mit Liebe schon gar nichts. In dem sympathischen, mit vielen Begleitzitaten geschmückten Buch von Wolf Uecker »Küche der Liebe«, in dem ich jene Information gefunden habe, bestätigt mich Bertolt Brecht: »Und das ist bemerkenswert:/Wie soll er und wie soll sie/Sehnsuchsvoll und unbeschwert/Auf den leeren Magen lieben?/Nein, mein Freund, das ist verkehrt.«

Allerdings, ein allzu voller Magen ist im Liebesbett nicht weniger hinderlich. Man wird faul und unbeweglich, man sehnt sich danach, das Bett nur zum Schlafen zu benutzen.

Deshalb bemüht man sich seit Jahrtausenden, beim Liebesmahl Speisen vorzusetzen, die nicht nur leicht sind, sondern auch anregend wirken, die Potenz des Mannes stärken und die Frigidität der Frau überwinden. Allein die Liste der Aphrodisiaka ist in Ueckers Kochbuch viereinhalb Seiten lang – von Austern bis Knoblauch und von Hummer bis Petersilie. Dabei zählt er nur normale Speisen und Zutaten auf, keine magischen Mittel, wie Pulver von Rhinozeroshorn, »spanische Fliegen« oder die Wurzel von Ginseng.

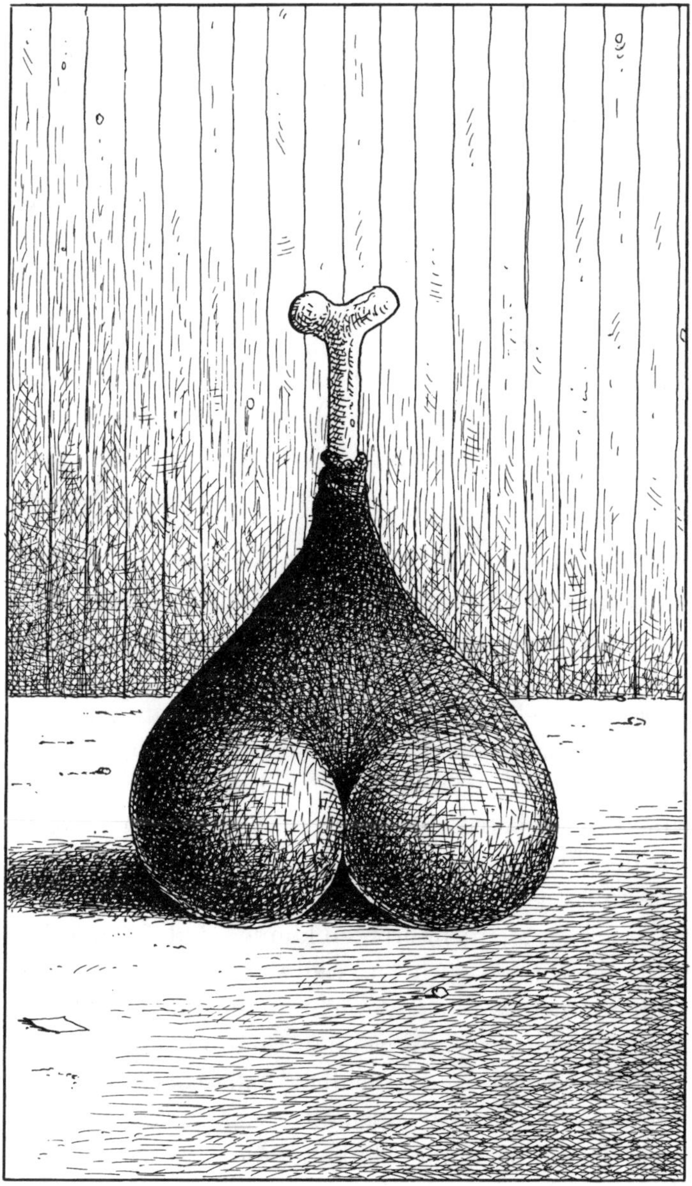

Mit Büchern zu diesem Thema könnte man ganze Bibliotheken füllen. Die Wissenschaftler schwören auf die Wirksamkeit der Aphrodisiaka, wie es auch die altägyptischen Priester und die indianischen Medizinmänner taten. Ich glaube nicht daran. Mag sein, daß die eine oder andere Speise Substanzen enthält, welche die Chemieprozesse in unserem Nervensystem in der gewünschten Richtung unterstützen. Die Stärke des Kaviars, des Fenchels oder des Kalbshirns liegt aber, meines Erachtens, vorwiegend in der psychologischen Wirkung – wenn man an sie glaubt, fühlt man sich gestärkt.
Wäre die Sache so einfach wie behauptet, hätten doch die Reichen und Mächtigen, die sich jedes Menü leisten können, nie Potenzprobleme gehabt! Wir wissen aus der Geschichte und aus der Lebenserfahrung, daß dies nicht stimmt. Der Eindruck, daß die Großen ein reicheres Sexleben haben als die anderen, entsteht dadurch, daß sie mehr Muße und auch mehr Gelegenheiten für diese angenehme Tätigkeit haben; und daß man über ihre Liebesabenteuer – wahre oder erfundene – berichtet.
Was Frauen betrifft, habe ich noch nie gehört, daß sie für den Sex gestärkt werden müßten – höchstens animiert. Es gibt keine frigiden Frauen – es gibt nur Männer, die sie nicht erregen können. Oder: Eine Frau wird als frigide verschrien, weil sie mit dem einen oder anderen nicht wollte oder nicht weiter wollte. In diesem Fall hilft es aber nicht, wenn er sie mit Gänsenieren in Basilikumsauce und reichlich Tabasco (alles anerkannte Aphrodisiaka) vollstopft.
Stop! Die altbekannte Methode, die Auserkorene oder den Auserkorenen zu einem guten Essen einzuladen,

um sie/ihn dann als Dessert zu vernaschen, ist nicht immer erfolglos. Hier wirkt aber eher der Beweis, daß man für den anderen Interesse zeigt, daß man sich um ihn bemüht, als die chemisch-biologische Zusammensetzung der Speisen. Es gibt doch, zumindest gab es sie früher, besonders in Kriegszeiten, die sogenannten »Bratkartoffelnverhältnisse« zwischen einem armen Mann – einem Studenten, einem Soldaten – und einer Frau, bei der er sich sattessen konnte. Und sie sind nicht immer reine Zweckbündnisse geblieben – du fütterst mich, und ich arbeite es im Bett und im Haushalt ab –, oft entwickelten sie sich zu echten Bindungen. Das war wahrhaft kein Verdienst der Bratkartoffeln, die noch niemand als Aphrodisiakum bezeichnet hat. Die menschlichen Eigenschaften der beiden, die liebevolle Fürsorge, ließen Liebe entstehen.

Hier sind wir bei der wahren Hälfte der Behauptung, daß die Liebe durch den Magen geht. Es geht eben um Liebe und nicht um Sex. Der Ausdruck »Liebe machen« ist Quatsch, ein verlogener, heute eigentlich unnötig heuchlerischer Euphemismus; Liebe kann man empfinden, hegen und pflegen, aber nicht »machen«.

Obwohl der Name der angeblich anregenden Mittel von der Liebesgöttin Aphrodite abgeleitet wurde, braucht die Liebe keine Aphrodisiaka. Das Essen als solches spielt aber seine Rolle. Ohne sich auf die pseudodialektische These zu berufen, daß »alles mit allem zusammenhängt« – die beiden wichtigsten Lebensfunktionen und Lebensbedingungen, die Liebe und das Essen (Trinken inbegriffen) hängen eng zusammen.

Am besten sieht man es an der Liebe zur Mutter, die man ja mit der Muttermilch – die erste Nahrung! –

einsaugt. Für fast jeden Menschen ist das schönste Essen »wie bei Muttern«, auch wenn seine Mutter keine besonders begnadete Köchin war. Die Liebe – und die Dankbarkeit, die ein fester Bestandteil jeder echten Liebe ist – sind stärker als die Geschmacksnerven. Denn das Essen, das man von Liebenden bekommt, ist nur der materielle Ausdruck von Gefühlen.

Diese Rolle spielt es auch in anderen Beziehungen zwischen Menschen. Vorsicht aber! Das Recht auf schlechtes Kochen haben nur die Mütter; höchstens noch frisch verheiratete Frauen oder Männer. Sonst merken die Partner, daß der Fraß, den man ihnen vorsetzt, lieblos zubereitet wurde.

Es ist sicher günstig, jemandem, den man zu Sex oder Liebe verführen will, gut zu bewirten – es ist zumindest nicht schädlich. Als Stärkung ist es aber nur dann nötig, wenn es darum geht, die Kräfte eines Hungrigen aufzupäppeln. Sonst, sagt man, sind für den müden Mann das beste Aphrodisiakum weibliche Finger. Ich würde dazu auch einen Kuß, ein Lächeln und ein paar andere Dinge zählen.

Die ganzen Tonnen von Weisheiten über Essen, Sex und Liebe faßte ein jüdisches Sprichwort in einem Satz zusammen: »Die Liebe ist süß – schmeckt aber nur mit Brot gut.«

Seele Michael

Sie geben also zu, Angeklagter«, fragte einer der Beisitzer streng, »daß Sie damals Ihre Cousine verführt haben?«

»Ja«, antwortete Seele Michael, »ich habe sie verführt.«

Der Verteidiger mischte sich ein: »Bedenken Sie, daß Sie damals vierzehn waren und die Frau sechsundzwanzig.«

»Ich war eben schon in diesem Alter ein Draufgänger«, meinte Seele Michael nicht ohne Stolz, »und sie war eine stille, bescheidene Kriegswitwe mit Kind ...«

»Ich möchte die Seele Klara in den Zeugenstand rufen«, wandte sich der Verteidiger an das Gericht, und der Vorsitzende beauftragte den Gerichtsdiener, die Zeugin zu holen.

Seele Michael, Tagessterbenummer 327, schaute sich sein Spiegelbild in der bronzenen Tafel mit den Zehn Geboten an und war zufrieden: Seine – wohl doch immaterielle – Hülle sah aus wie weiland Michael in seinen besten Mannesjahren, obwohl er doch im Alter von zweiundsiebzig gestorben war.

Das Prinzip des maximal vorteilhaften Aussehens wie auch des Weglassens des Familiennamens und der Nationalität gehörte zu den Regeln des Himmlischen Qualifikationsgerichts, die allen Seelen gleiche Be-

handlung garantieren sollten. Die Seelen Richter sind immerhin ehemalige Menschen.
Der ersten Anhörung des Angeklagten war eine lange Diskussion zwischen Ankläger und Verteidiger vorangegangen. Der Teufel Ankläger, der in seiner schwarzen, rotgesäumten Robe und einem ebensolchen Barett sehr elegant aussah, stellte gleich zu Beginn einen Antrag auf ein Schnellverfahren.
»Der verstorbene Michael«, sagte er, »war in seinem Leben ein Weiberheld, Verführer, Ehebrecher und Wüstling. Die Anklage stellte dem Gericht sein Sündenregister zur Verfügung. Es umfaßt sechshundertachtzehn Namen von Frauen, mit denen der Verstorbene Geschlechtsverkehr hatte, und mehr als neunzehntausend Tat-Termine.
Typisch für die Unverbesserlichkeit des Angeklagten ist, daß er achtundfünfzig Jahre lang in Sünde verharrte. Sein erster Verkehr fand an seinem vierzehnten Geburtstag statt und der letzte endete heute morgen im Augenblick des Todes.
Der Tatbestand ist so klar, daß man Seele Michael ohne weitere Beweisführung zur ewigen Hölle verurteilen kann.«
Seele Michael sah die Unwiderlegbarkeit der Anklage ein. Er schaute sich die Tür zum Paradies, die sich links von dem Richtertisch befand, ohne besonderes Interesse an, in dem Bewußtsein, daß diese Tür einem Sünder, wie er einer war, für immer verschlossen bleiben werde. Auf dem etwas schmuddeligen weißen Lack stand da in altmodisch verzierten Buchstaben »Paradies – Lohn der Aufrechten«. Darunter war ein Bild: Eine sehr grüne Palme und ein putziges rosa Engelchen, das Schalmei

blies, offenbar von einem verdienten Devotionalienmaler gemalt.

Das tanzende Paar – ein Teufel im Frack und eine rothaarige Femme fatale – auf der glänzenden Mahagonitür rechts stammte zweifellos von einem erstklassigen expressionistischen Künstler. Die modern schlanke Inschrift lautete: »Leben = Hölle. Hölle = Leben.«

Die Perspektive, für ewig hinter dieser Tür zu verschwinden, jagte Seele Michael keinen Schrecken ein. Er hatte schon in diesen wenigen Stunden im Jenseits festgestellt, daß er von der Erde die Fähigkeit zu vielen emotionalen Regungen mitgebracht hatte, jedoch keine Angst empfinden konnte. Angst war ein rein irdisches Gefühl, sie hörte mit dem Tod auf.

Der Engel Verteidiger war jedoch nicht bereit, so leicht aufzugeben. Er trat vor – in seinem langen, schneeweißen Gewand die Würde in Person – und bat den Vorsitzenden (er hatte Michael schon vorher verraten, daß dies die Seele des gerechten Königs Salomo war), den Antrag der Anklage abzulehnen.

»Wir haben nicht vor«, sagte er, »die Zahlenangaben der höllischen Registratur zu bestreiten. Die Verteidigung kann jedoch beweisen, daß Seele Michael kein Ehebrecher, kein Verführer im negativen Sinne dieses Begriffs und kein Wüstling war. Die Bezeichnung ›Weiberheld‹ ist juristisch irrelevant, und die Zahl der menschlichen Kontakte zum anderen Geschlecht ist an sich noch kein Grund zur Verurteilung. Das ist dem Hohen Gericht bestens bekannt...«

Der Engel blickte dem Vorsitzenden in die Augen, und die Seele des Königs Salomo, der im Leben einen Harem mit tausend Frauen gehabt hatte, nickte zustimmend. Der Antrag der Anklage wurde abgelehnt, und der Vorsitzende fragte den Vertreter der Strafenden Gerechtigkeit, ob er seine Anschuldigungen noch ergänzen oder begründen wolle.

»Nur noch eine Bemerkung, ordnungshalber: Das Sündenregister aus den ersten fünfzig Lebensjahren des Angeklagten ist wahrscheinlich unvollständig, weil wir damals noch keine EDV in der Hölle hatten, und die Kartei wurde von einem Teufel achtzehnten Ranges geführt, der im Leben Leiter eines statistischen Amtes war. Sonst bin ich auf die Argumente des erhabenen Vertreters der Mildtätigen Gerechtigkeit gespannt und behalte mir vor, zu seinen einzelnen Ausführungen Stellung zu nehmen.«

Der Engel bekam das Wort und kündigte an, er beabsichtige, zuerst die schwerste Beschuldigung zu entkräften, die des Ehebruchs.

»Wie dem Hohen Gericht bekannt ist, war Michael nie verheiratet, kann also einen Ehevertrag nicht gebrochen haben. Und es ist ja der Vertragsbruch, der dem Allmächtigen, dem Herrn des Bundes, ein Ekel ist – denn der Herr hält seit Jahrtausenden ehern seinen Vertrag mit dem Volke Israel …«

Bei diesen Worten hüstelte der Ankläger demonstrativ und wurde von dem Vorsitzenden zur Ordnung gerufen.

»Mich wunderte nur die einseitige Auslegung des Ehebruches, Hohes Gericht«, rechtfertigte sich der Teufel scheinheilig, als ob er gar nicht die Vertragstreue Gottes zu verhöhnen versucht hätte. »Meinem erhabenen Gegner konnte doch nicht verborgen bleiben, daß die Opfer des Angeklagten zu achtundsechzig Komma dreiundneunzig Prozent verheiratete Frauen waren …«

Auf Einspruch des Verteidigers ließ Seele Salomo den wertenden Ausdruck »Opfer« aus dem Protokoll streichen und durch »Kontrahentinnen« ersetzen, dann konnte der Engel fortfahren: »Die einzig verbindliche Rechtsnorm ist das Gebot des Herrn, und das lautet nicht ›Du sollst nicht verheiratete Frauen lieben‹, sondern ›Du sollst nicht ehebrechen‹.

Wir können anhand von unzähligen Beispielen beweisen – ich nenne stellvertretend die Fälle 183, 263 und 412 –, daß die Liebesverhältnisse Michaels die Ehen der Frauen nicht gebrochen, sondern gefestigt haben.

Es waren Ehen, die menschlich noch weitgehend intakt, aber durch sexuelle Langeweile und Unzufriedenheit der Frauen bedroht waren. Indem Michael den Frauen Befriedigung, gute Laune und Selbstbewußtsein gab, beseitigte er diese Bedrohung. Die Bündnisse und die Ehemänner profitierten davon.

Michaels Aktivitäten waren ausgesprochen eheerhaltend, zumal er keinen Anspruch auf Ausschließlichkeit stellte und nie versuchte, die Frauen ihren Männern zu entfremden oder gar zu entwenden. Im Gegenteil, wann immer er merkte, daß eine seiner Geliebten auf die Idee kam, ihren Mann zu verlassen, um sich ihm, Michael zuzuwenden, zog er sich schleunigst zurück ...«

»Mein paradiesischer Vetter spricht vom Selbstbewußtsein, das der Verstorbene den Frauen schenkte ... Mit diesem Selbstbewußtsein ausgestattet, verließen mehrere ... mhm ... Partnerinnen Michaels ihre Ehemänner.« Der Teufel blätterte in seiner Kopie des Sündenregisters. »Zum Beispiel die Fälle 112 und 113, 217, 298 und so weiter. Ist das nach Meinung der Verteidigung auch kein Ehebruch?«

»Selbstverständlich ist es keiner. Diese Ehen waren schon gebrochen, bevor die Frauen Michael kennengelernt hatten. Es kann nicht kaputtgemacht werden, was bereits kaputt ist.
Wie der Ankläger schon scharfsinnig bemerkte, gab Michael den Frauen Selbstbewußtsein, er machte ihnen Mut, den Stand der Dinge zu akzeptieren und die tote Beziehung zu begraben. Damit wurden schlimme Delikte verhindert wie Menschenquälerei, inklusive Kinderquälerei, manchmal sogar Mord oder Totschlag. Eine lebendige Ehe kann nur von den Ehepartnern zerstört werden, niemals von einer dritten Person! Das müßte der Vertreter der Hölle wissen, denn seine Institution bemüht sich seit Jahrtausenden darum und bleibt trotz aller teuflischen Tricks erfolglos. Es gilt auch umgekehrt: Ein Dritter kann eine tote Ehe nicht heilen. Auch dies ist für meinen Gegner nichts Neues, denn Seine Gemeinheit, der Satan, ordnet totgeborene Ehen als Strafe an.«
»Der Vertreter der Mildtätigen Gerechtigkeit hat offenbar die Verhältnisse in unserem Teil der Gerechten Welt genau studiert, was ihn vielleicht daran gehindert hat, die Bibel gründlich zu lesen. Da steht es: ›Laß dich nicht gelüsten deines Nächsten Weib!‹ Sogar zweimal – im Zweiten und im Fünften Buch Moses.«
»Unvollständig und aus dem Kontext gelöst zu zitieren, ist des Teufels, also kann mich diese Praxis bei Ihnen nicht wundern«, erwiderte der Engel. »Diese Worte gehören ja nicht zum Gebot ›Du sollst nicht ehebrechen‹, und sie haben eine Fortsetzung: ›Du sollst nicht begehren deines Nächsten Haus, Acker, Knecht, Magd, Ochsen, Esel noch alles, was sein ist.‹ Das ist unzwei-

deutig eine vermögensrechtliche Norm und kann in bezug auf Frauen nur da verwendet werden, wo die Frau Eigentum des Mannes ist. Außerdem ist das Himmlische Gericht eine moralische Instanz und beschäftigt sich nicht mit Eigentumsdelikten.«

Der Teufel ging in die Luft. Buchstäblich. Er fing sich jedoch schnell und fragte in äußerst höflichem Ton: »Hat mein gelehrter Prozeßgegner die Bestimmung vergessen: ›Wer bei eines anderen Frau liegt, ist des Todes‹?«

»Selbst die Menschen haben diese Strafe für außerehelichen Verkehr in den meisten Ländern aufgegeben«, erklärte der Verteidiger mit Engelsgeduld. »Sollten wir hier, in der Gerechten Welt, grausamer sein? Außerdem ist dies eine rein irdische Strafe. Der Körper der Seele Michael ist des Todes – die unsterbliche Seele kann nicht mehr getötet werden.«

»Aber es ist doch klar, daß ›Tod‹ hier auch die ewige Verdammnis bedeutet...«

»Ewige Verdammnis, das ist die Hölle, und die kann nicht mit dem Wort ›Tod‹ umschrieben werden. Ich lese hier« – der Engel zeigte auf die höllische Tür: »›Hölle = Leben‹, was sogar ausnahmsweise nicht gelogen ist, denn die Hölle ist ein Abbild irdischer Verhältnisse, nur bis zur äußersten Konsequenz weitergeführt...«

»Hohes Gericht, ich bitte um Entschuldigung, daß ich vorhin die Fassung verloren habe. Ich bin ja schließlich kein Engel, sondern ein einfacher Ankläger sechsten Ranges, den man zu diesem Prozeß delegierte, weil man den Fall als Bagatellsache ansah. Diese Art der Argumentation von seiten des Himmels ist für uns ganz neu. Ich weiß nicht, hochverehrter reiner Vetter«, wandte er sich an den Verteidiger, »seit wann Sie in der Besseren Welt sind, aber bei Ihrem eigenen Qualifizierungsprozeß haben die Vertreter der Anklage offensichtlich geschlampt. Mit Ihrer Qualifikation hätten Sie bei uns einen sehr hohen Posten bekleiden können.«

Der Engel sagte mit einem nachsichtigen Lächeln: »Die Zeiten ändern sich auch bei uns im Himmel.«

Der Gerichtsdiener meldete, daß Seele Klara für die Aussage bereitstehe. Der Verteidiger bat die Zeugin in der Gestalt zu erscheinen, die sie vor dem Beginn ihres Verhältnisses mit dem Angeklagten hatte. Es kam eine unscheinbare junge Frau, Grau in Grau, mit einer strengen Gretchenfrisur.

»Das war im Jahre des Herrn 1920«, erzählte sie dem Gericht. »Ich habe mit siebzehn geheiratet, und mein Mann fiel in Rußland, ein halbes Jahr nach der Hochzeit, noch bevor meine Tochter geboren wurde. Ich hatte neun Jahre keinen Mann. Männer gab es nach dem Krieg wenig, und ich war nicht schön. Mein Cousin Michael war zwar erst vierzehn, aber stattlich und voll entwickelt . . .«

»Und er hat Sie am Abend seines Geburtstags verführt?« fragte der Höllenanwalt. »Sie hatten vorher drei Glas Wein getrunken, an den Sie nicht gewöhnt waren, und er nutzte es aus. War es so?«

Die Zeugin lächelte, und ihr Gesicht wurde fast schön. »Michael glaubte es, und ich habe ihn dabei gelassen, um seinen jungen Stolz nicht zu verletzen. An jenem Abend habe ich absichtlich so lange mit dem Abräumen getrödelt, bis wir allein waren. Und ich hatte ihn schon seit Wochen gelockt – mal ein Bein gezeigt, mal mich so gebückt, daß er meinen Busen sehen konnte . . .«

»Hohes Gericht«, meldete sich der Verteidiger, »ich möchte den Ankläger daran erinnern, daß es Eva war, die Adam verführte, vom Baum der Erkenntnis zu essen. Und was man darunter verstehen soll, sagt der biblische Vers: ›Und Adam erkannte sein Weib Eva, und sie ward schwanger ...‹ Es ist immer das Weib, das den Mann lockt, wenn auch manchmal unbewußt.

Als böser Verführer im Sinne des Gesetzes kann nur der Mann gelten, der eine Frau unter Vortäuschung falscher Tatsachen oder durch falsche Versprechungen für sich gewinnt. – War das bei euch der Fall, Zeugin?« fragte der Engel.

»Er konnte mich doch gar nicht täuschen – wir kannten uns so gut! Wir haben uns wirklich geliebt. Mehr als zwei Jahre lang waren wir fast jeden Tag zusammen. Das hat mir sehr viel gegeben. Als Michael dann in die Großstadt ging, war ich traurig. Aber ich habe nach kurzer Zeit meinen späteren Mann gefunden. Mit Michael sind wir zeitlebens gute Freunde geblieben.«

Während der Erzählung verwandelte sich Seele Klara in eine hübsche Frau mit Bubikopf, in einem geblümten, schicken Kleidchen, das ihre Figur betonte.

»Hohes Gericht«, meldete sich der Teufel zu Wort, »ich bitte um Erlaubnis, dem Angeklagten eine Frage zu stellen.«

Der Vorsitzende nickte und winkte der Seele Klara zu, sie sei entlassen.

»Seele Michael, sind Sie das Verhältnis mit der Absicht eingegangen, Ihrer Cousine zu helfen? Erklären Sie das bitte dem Gericht.«

»Nein«, sagte der Angeklagte, »ich dachte nicht daran. Ich begehrte Klara seit langem so, wie ein eben reif gewordener Junge begehren kann, und habe mich dann in sie verliebt.«

»Bitte«, triumphierte der Teufel, »der Angeklagte gibt zu, daß er aus rein egoistischen Motiven handelte. Die positiven Folgen seines Handelns können nicht als sein Verdienst ausgelegt werden, weil er sie gar nicht beabsichtigte!«

»Einspruch, Hohes Gericht«, protestierte der Verteidiger. »Menschen nach ihren Absichten zu beurteilen, ist wieder so eine höllische Erfindung. Dieses Prinzip gab den Tyrannen aller Zeiten die quasijuristische Handhabe, Menschen nach Belieben zu töten, auch solche, die nichts getan haben. Und niemand hat mehr Unheil in die Welt gebracht als Menschen mit den besten Absichten!«

Der Teufel wollte etwas einwenden, aber der Gerichtsvorsitzende hielt ihn davon ab.

»Das Gericht hat die Ausführung beider Seiten zur Kenntnis genommen. Ich möchte die Anwälte fragen, ob sie noch weitere von den sechshundertachtzehn registrierten Fällen einzeln vorzuführen beabsichtigen. Wir haben zwar die Ewigkeit zur Verfügung, aber nicht für diesen einen Fall.«

»Es waren die glänzenden theoretischen Überlegungen des erhabenen Verteidigers, die uns so viel Zeit kosteten«, warf der Teufel ein. »Allerdings habe ich ihnen mit Vergnügen zugehört.«

»Aber wir müssen noch die Behauptung der Anklage widerlegen, der Verstorbene sei ein Wüstling gewesen«, meldete sich der Engel.

»Um diesen Vorwurf zu bekräftigen, bieten wir den ganz frischen Fall 618 an. Seele Agathe, heutige Tagessterbenummer 326, kann leicht als Zeugin berufen werden – ihr Prozeß vor dem Einzelrichter in der Kammer 24 dürfte schon beendet sein.«

»Stattgegeben. Gerichtsdiener, sorgen Sie dafür, daß sich die Zeugin zur Verfügung hält«, sagte der Vorsitzende. Dann nickte er dem Teufel zu: »Bitte, fahren Sie fort.«

»Hohes Gericht! Wir sahen, daß der Angeklagte im zarten Alter von vierzehn mit einem höchst aktiven Sexualleben begann. Falls ihn dies allein noch nicht als Wüstling qualifiziert, muß doch die Tatsache, daß er diese Tätigkeit auch als Zweiundsiebzigjähriger betrieb, diese Qualifizierung eindeutig bestätigen. Seele Michael war ein triebhafter Mensch, ein Wüstling. Wenn ich mir ein irdisches Wortspiel erlauben darf – ein unverwüstlicher Wüstling!

Und wen hat er diesmal gewählt, um seinen Trieb zu befriedigen? Eine ältere, keineswegs schöne, trotz ihres Alters sexuell wenig erfahrene Frau. Er nutzte schamlos den Respekt aus, den sie vor ihm hatte – sie war ihm als seine Wirtschafterin treu ergeben. Sind das nicht die Merkmale eines Wüstlings?

Und diese Frau wurde zu seinem Opfer – ich hoffe, daß mein Vetter von der anderen Seite diesmal keinen Einspruch gegen diese Bezeichnung erheben wird angesichts der Tatsache, daß die Frau in Michaels Armen während des Aktes starb.«

»Das Alter spielt natürlich keine Rolle«, sagte der Engel, und Seele Salomo nickte zustimmend. »Wüstlinge sind allein jene Egoisten, jene Vergewaltiger, denen die Gefühle der Frauen egal sind. Vielleicht kann es ein armer Teufel wirklich nicht verstehen, aber zwischen

Agathe und Michael hat sich eine echte Zuneigung entwickelt. Seele Agathe hatte lange Jahre einer faden, gleichgültigen Ehe hinter sich, kannte Sex nur als Pflichtübung. Bei Michael fand sie Wärme, er war nett zu ihr – und sie war es, die sich nach sexueller Liebe sehnte, zum erstenmal im Leben. Sie war nicht schön, weil sie unglücklich war – keine Frau ist schön, wenn sie unglücklich ist. Michael fand Agathe mit der Zeit immer schöner. Wir dürfen nicht vergessen, daß sie einundzwanzig Jahre jünger war als er.

Der Ankläger verschwieg, wie schön sie im Moment des Todes wurde, der zugleich der glücklichste Moment ihres Lebens war. Sie erlebte – mit einundfünfzig! – zum erstenmal die Erfüllung in der körperlichen Liebe! Ihr Herz hielt das nicht aus. Mein listiger Gegner versuchte, Agathes Tod Michael anzulasten, obwohl er genau weiß, daß der Angeklagte diese Folge nicht voraussehen konnte. Michael erlitt selbst einen Schocktod, als er seine Geliebte tot sah.

Daß Michael nicht die Absicht hatte, Agathes Tod herbeizuführen, ist klar – aber ich habe nicht die Absicht, den Teufel mit seiner eigenen Theorie zu schlagen . . .«

Seele Michael wurde freigesprochen. Der Engel gratulierte ihm und teilte mit, für ihn sei schon ein Plätzchen in der 813. Abteilung des Paradieses reserviert.

»Nichts für ungut, liebe Seele«, sagte der Teufel. »Ich konnte nicht viel für Sie tun – das Urteil wurde im Himmel vorgefaßt. Ich habe es mir schon gedacht, als ich sah, daß der alte Polygamist Salomo den Vorsitz hat. Also viel Spaß im Paradies, lieber Neuengel.

Sie wissen ja – sobald Sie hinter die Tür mit der Palme kommen, sind Sie geschlechtslos.«

Flügel der Liebe

Die Flügel,
die uns
die Liebe gibt,
entsprechen nicht
den Vorschriften
der modernen Luftfahrt.
Man landet immer
auf dem Bauch.

Im besten Fall –
nicht auf dem eigenen

Auch private Probleme werden unlösbar, wenn man sie theoretisch lösen will.

Der Kuß

Herr Dr. Pieter Medz, ein niederländischer Soziologe, empfindet beim Küssen nichts Angenehmes, vor allem beim Mund-zu-Mund-Kuß nicht. Er beschäftige sich schon seit Jahren wissenschaftlich mit dem Kuß, erzählte er bei einem medizinischen Kongreß, und könne dabei nichts Erotisches oder Romantisches finden. Ein Handschlag mit Daumenstreicheln ist seiner Meinung nach viel erotischer.

Soweit wäre das noch keine Sensation, jeder hat so seine unempfindliche Zonen. Bei mir sind es zum Beispiel die Brustwarzen (meine eigenen, bei weiblichen bin ich empfindlich) und die Oper. Da empfinde ich wie im Ehebett am Vorabend der Goldenen Hochzeit – ich kann schon bei der Ouvertüre einschlafen. Manche Frauen empfinden nach Zeugnis von Alice Schwarzer und Shere Hite nichts, wenn sie penetriert werden (wenn möglich – Partner wechseln!)

Woher das bei dem Herrn Doktor kommt, kann man leicht verstehen, er hat sich ja mit dem Küssen wissenschaftlich beschäftigt, sine ira et studio, ohne Zorn und ohne Vorliebe, folglich auch ohne Vergnügen. Sexuelle Spiele sind immer noch eine Kunst und keine Wissenschaft, und so wird es auch bleiben. Bedauern muß man den Wissenschaftler auch nicht besonders, er hat ja zum

Ausgleich sehr empfindliche Hände, die schon beim Handschlag erotisch reagieren. Und Finger bleiben bei einem Mann fast genauso lange funktionsfähig wie Zunge und Lippen.

Schlimm ist, daß der Soziologe aus seiner Unzulänglichkeit beziehungsweise schlechten Erfahrungen eine allgemeingültige Theorie macht. »Küssen ist Unfug«, behauptete er, »der Kuß ist eine über die Jahrhunderte hinweg aufrechterhaltene Trickbetrügerei.«

Es ist heute Mode, eigene Probleme theoretisch zu verallgemeinern. Die Schwarzer baute ihre Theorie auf Aussagen von zwölf Frauen auf. Die Hite hat mehr befragt, aber auch ihre Umfrage haben von hunderttausend Angesprochenen fast siebenundneunzigtausend nicht beantwortet – möglicherweise wollten sie die Zeit lieber für ein paar gute Stunden im Bett nützen und bilden somit die vergnügt stöhnende Mehrheit. Welche Probleme jener Sex-Wissenschaftler hat, der die Geschlechter abschaffen möchte, Kinder in der Retorte herstellen und Sex auf Streicheln reduzieren, kann man sich gar nicht vorstellen.

Die Theorie des nur-klitoralen Orgasmus ist dabei gar nicht ganz von der Hand (und von der Zunge) zu weisen. Wahrscheinlich werde ich mich ihr einst voll anschließen, vielleicht noch bevor ich achtzig werde.

Um so mehr kann man sich das Küssen nicht nehmen lassen. Nichts gegen Handarbeit, der Kuß ist aber unersetzbar. Man sagt ja von aufrichtigen Menschen: »Was auf dem Herzen, das auf der Zunge.«

Übrigens, die Handschlagmethode von Dr. Medz mit dem Daumenstreicheln war uns schon bekannt, als ich noch Schüler im fernen Samarkand war. Man rieb dabei leicht mit dem Zeigefinger die Handfläche des Mädchens, und das bedeutete »Willst du?«. Man bekam dann entweder eine Ohrfeige oder aber einen stärkeren Händedruck – aus Schamgefühl rieben die Mädchen unsere Handflächen nicht. Im letzteren Fall sah man sich gleich nach einem Plätzchen im Schatten um. Aber wir wußten auch schon damals, daß der Kuß eine Anfrage im oberen Geschoß ist, ob unten die Einfahrt frei ist. Der Kuß ist seit Jahrtausenden – und nicht seit Jahrhunderten, wie der niederländische Soziologe meint – eine Vertrauenserklärung. (Gemeint sind erotische Küsse, nicht die, die ein Breschnjew mit Staatsmännern austauschte, die er ein paar Tage später stürzen ließ.) Der berüchtigte Bakterienaustausch, mit dem uns manche Wissenschaftler, auch Dr. Medz, abzuschrecken versuchen, spielt dabei eine positive Rolle. Man sagt damit: »Ich habe keine Angst, mich von dir anzustecken.« Und: »Sollte ich mich angesteckt haben, ist es schon passiert. Jetzt hindert uns nichts mehr, weiterzumachen.« Den hohen Intimitätswert des Kusses illustriert ein alter Witz: »Ach, Hans, küß mich bitte, küß mich!« »Aber Lotte, du weißt doch, daß ich ein verheirateter Mann bin! Ich hätte schon nicht mit dir ins Bett gehen dürfen!«

Man hat uns auch mit der Behauptung abzuschrecken versucht, daß ein sexbetonter Kuß die Lebenserwartung kürzt – um drei bis acht Minuten, je nach der Phantasie der Theoretiker. Na und? Wie lange möchte man ohne Küssen leben? Nein, bei aller Wissenschaftsgläubigkeit haben Anti-Lippenbekenntnisse und der Vorschlag, den Zungenschlag durch den Handschlag zu ersetzen, keine Chancen.

Die Macht der Rosen

Eva saß mit düsterer Miene in der Küche. Der Tisch war nicht gedeckt, auf dem Herd stand kein Essen. Wie eine Beschwörungsformel wiederholte Eva im Geiste den Satz »Klaus, ich muß mit dir ernst reden«, wußte aber noch immer nicht, ob sie ihn gleich aussprechen sollte, wenn Klaus in die Tür kommen würde, oder erst, wenn er abgelegt und sich gewaschen hätte.

Klaus erschien mit einem Blumenstrauß in der Hand.

»Klaus ...!« sagte Eva. Nicht nur die Beschwörungsformel war vergessen, sondern auch alles andere, was sie ihm sagen wollte – daß sie sich gar nicht mehr verstehen, daß sie wie Fremde nebeneinanderher leben, daß es am besten wäre, sich zu trennen ... »Rosen«, sagte sie ganz leise, »wie damals, als du auf mich an der Brücke gewartet hast ...«

»Damals waren es drei, heute sind es neununddreißig.« Klaus lächelte. »Ich weiß, unser dreizehnter Hochzeitstag war vor drei Tagen, aber wir hatten im Büro so viel zu tun, daß ich es vergessen habe. Wir werden einfach nachfeiern.«

»Ich liebe dich ... Verzeih mir, daß ich dachte, du würdest mich nicht mehr lieben«, wollte Eva sagen. Statt dessen sagte sie: »Ich habe kein Abendbrot gemacht. Ich war in der Stadt und habe die Zeit vertrödelt.«

»Um so besser«, meinte Klaus. »Wir ziehen uns schön an und gehen zum Spanier essen. Dreizehn Jahre in Liebe und gegenseitigem Verstehen – das muß richtig gefeiert werden!«

*

Heike war nicht ganz sicher, ob sie richtig handelte, als sie Wolfgangs Einladung zum Abendessen in seiner Bude annahm. Ihr war klar, was er sich davon versprach; es war ihr jedoch nicht klar, ob sie es auch wollte. Seltsamerweise hatte sie der Rosenstrauß in der Vase auf dem Tisch beruhigt und überzeugt. Wolfgang ist ein lieber und aufmerksamer Kerl, dachte sie. Sie blieb über Nacht. Später zogen Heike und Wolfgang zusammen, und als ein Kind unterwegs war, heirateten sie. Heike verdiente als Arzthelferin nicht viel, aber Wolfgang hatte ein Stipendium, sie konnten sich durchschlagen. Die ersten Risse bekam die Ehe, als Wolfgang sein Studium beendete, Arbeit in einer entfernten Stadt bekam und dort eine nette Kollegin kennenlernte, deren »geistiges Niveau«, wie er behauptete, ihm mehr zusagte als das von Heike. Seit drei Jahren liegen sie in Scheidung und kämpfen erbittert um das Kind.

*

»Sehr schöne Rosen, genau die Länge für unsere Vase, danke dir«, sagte Frau Junghans, und ihr Blick wurde noch mißtrauischer, als er sonst immer in den letzten fünf Jahren war.

Sie waren seit zweiundzwanzig Jahren verheiratet; in

den letzten einundzwanzig brachte er Blumen nur zu ihrem Geburtstag und zum Hochzeitstag, an den sie ihn immer erinnern mußte. Was hat er diesmal ausgefressen, daß er Rosen bringt? dachte sie. Sie hielt ihren Mann, einen biederen Beamten Mitte Fünfzig, für einen gefährlichen Playboy.
Sobald ihr Mann nach dem Fernsehen einschlief, durchsuchte sie gründlich seinen Anzug, fand jedoch kein weibliches Haar und auch sonst nichts Verdächtiges. Sie wälzte sich dann die ganze Nacht im Bett und seufzte schmerzlich.

*

Karl Förster war an diesem sonnigen Tag guter Laune. Laß uns dem alten Drachen eine Freude machen, sagte er sich, als er die Blumen sah, das kann ich mir noch leisten.
Frau Steiner erfreute und rührte die Aufmerksamkeit des jungen Mitarbeiters. Sie stellte die sieben Rosen in einer Vase auf das Fensterbrett. Während des Mittagessens erzählte sie dem Chef, wie tüchtig und fleißig doch der junge Mann sei. Der Chef hörte auf die Meinung seiner Sekretärin, mit der er seit zwanzig Jahren arbeitete. Karl Förster wurde befördert. Heute ist er schon Abteilungsleiter.

*

Dies alles und noch vieles mehr geschah nur deshalb, weil ein Blumenladen an einer U-Bahn-Station an einem heißen Tag eine größere Menge Rosen zum Spottpreis von zwanzig Pfennig pro Stück verkaufte.

Galanterie

Ich las in der Zeitung, daß ein Herr einer Dame statt eines Blumenstraußes eine Schachtel Antibabypillen mitgebracht habe und die Dame beleidigt gewesen sei. Ich kann nicht verstehen, warum.

Im Gegensatz zu einem Blumenstrauß ist eine Schachtel Antibabypillen eine ausgesprochene Liebesgabe; denn einen Blumenstrauß kann man auch der eigenen Großmutter oder dem Chef schenken.

Das Geschenk zeigte auch, daß der Herr keine oberflächlichen Absichten hatte, denn es war nicht eine Pille, sondern eine ganze Schachtel.

Falls die beiden ledig waren, war das ein romantisches Geschenk – es war nicht nur eine Äußerung ergebener Liebe, sondern auch des Vertrauens. Der Herr gab doch der Dame die Möglichkeit in die Hand, selbst zu entscheiden, ob sie ihn durch eine gewollte oder eine vorgetäuschte Schwangerschaft zur Ehe zwingen würde, gegen die er sich nicht wehren könnte.

Falls der Herr verheiratet war, war es ein Beweis der Korrektheit gegenüber dieser Dame; falls die Dame verheiratet war, war es auch ein Beweis der Korrektheit gegenüber ihrem Gatten. Man kann auch nicht sagen, daß der Herr geizig war, weil man sicher einen Blumenstrauß bekommen kann, der billiger ist als eine Schach-

tel Antibabypillen. Und außerdem kann man von dem Geschenk darauf schließen, daß es ein aufrichtiger, praktischer und unter keinem sexuellen Minderwertigkeitskomplex leidender Mann war.
Wir sehen also, daß eine Schachtel Antibabypillen besser und präziser als ein Blumenstrauß Gefühle und Absichten zum Ausdruck zu bringen vermag. Und daß der Herr, der sie geschenkt hat, ein anständiger Mann war und es gut meinte. Die Dame war aber trotzdem beleidigt.
Na ja, anständige Männer, die es gut meinen, haben nie Chancen bei den Frauen gehabt.

Ihre Ehe ging in die Brüche – es ist für sie unerträglich geworden, zusammen fernzusehen.

Liebe und Ökonomie

In dem Buch »Südamerikanische Indianermärchen« findet man die folgende Geschichte:

»Es waren zwei Mädchen, die Kolibri die Flöte spielen hörten. Er spielte so schön, daß eins der Mädchen sagte: ›Ihn will ich zum Mann haben!‹ Sie suchte den Kolibri auf und schlief bei ihm. ›Wir wollen in mein Haus gehen!‹ sagte der Kolibri. Als sie dorthin kamen, war es so klein, daß das Mädchen keinen Platz fand. Es ging deshalb in sein Dorf zurück.

Am Abend kam der Kolibri vor das Dorf und spielte Flöte, um sie zu locken. Das Mädchen lauschte und sagte: ›Der Kolibri ist's, der spielt.‹ Sie ging aber nicht mehr zu ihm. Jeden Abend kam der Kolibri vor das Dorf und spielte seine schönsten Weisen, das Mädchen aber wollte nicht mit ihm gehen, der eine so kleine Hütte hatte.«

Wäre das Märchen von einem europäischen Schriftsteller geschrieben, hätte sich der Kolibri als verzauberter Prinz entpuppt, oder die Liebe des Mädchens hätte selbst räumliche Schwierigkeiten überwunden und die beiden könnten in der kleinen Hütte glücklich leben. Die Chiriguano-Indianer, von denen das Märchen stammt, sind jedoch noch unbedarft, keine Intellektuellen, also auch keine Romantiker. Phantasie haben sie genug, fühlen sich jedoch nicht verpflichtet, sie einer Moral unterzuordnen.

Die Künstler setzten schon immer ihre Kunst als Waffe im Kampf um die Gunst der Frauen ein. Was sollen sie sonst tun, wenn sie außer ihrer Kunst nichts zu bieten haben? Die Heldin des Märchens war ein sensibles Mädchen, mit Sinn für Kunst. Und man kann ihr, obwohl sie wider die Regeln der romantischen Moral handelte, keine Vorwürfe machen.

Schöne Melodien verschönern die Liebe, können jedoch ein Haus nicht ersetzen. Wäre sie eine Häuptlingstochter, könnte sie sich vielleicht den Luxus erlauben, den Künstler in ihre große Hütte zu nehmen.

Fazit: Mit Kunst kann man Frauen locken, jedoch kaum auf die Dauer halten. Die künstlerischen Habenichtse müssen sich für die Emanzipation der Frauen einsetzen, damit diese selbständig und reich werden, um sich Liebhaber halten zu können. Wenn arme Mädchen mit armen Künstlern zusammenleben, ist es ein Ergebnis guter Agitationsarbeit mehrerer Künstlergenerationen – aber die Frage des Häuschens bleibt offen.

Die Herausgeber des Märchenbuches teilten mit, daß in anderen Fassungen des Märchens erotische Zusammenhänge direkter ausgesprochen würden. Man kann sich wohl denken, daß nicht nur die Hütte des Kolibri klein war. Auch in einem großen Haus würde er sich die Liebe des Mädchens nicht lange erhalten können. Es sei denn, er wäre reich.

Moral: Man kommt auch in der Liebe nicht um die Ökonomie herum. Und man soll die Macht der Kunst nicht überschätzen.

Wiedersehen nach Jahren

Schändet nicht die Leichen
eurer jungen,
urzeitigen Begierden

durch die Liebe eines Mannes,
den es nicht mehr gibt,
zu einer Frau,
die es nie gab.

Es ist ein Tanz von Skeletten
auf dem Blechdach
einer Ruine.
Die Skelette mit Fett umhüllt,
das Blech
von Rost
zerfressen.

Konsequent gegen die Belästigung

Die große Kampagne gegen die sexuelle Belästigung am Arbeitsplatz verdient jede Unterstützung, nicht nur aus moralischen, sondern auch aus ökonomischen Gründen: Wer sich mit sündhaften Aktivitäten beschäftigt oder nur an sie denkt, denkt nicht an seine Arbeit und gefährdet somit unsere Wettbewerbsfähigkeit auf dem Weltmarkt.

Man muß da sehr aufpassen. Naive Menschen, zu denen ich bisher gehörte, betrachten als Belästigung nur direkte Attacken: Wenn jemand versucht, eine Frau oder einen Mann zu begrapschen oder die Frage stellt »Möchten Sie heute mit mir schlafen?« Wir wurden inzwischen aufgeklärt, daß auch ein anzüglicher Witz, ein Kompliment oder ein Blick auf die Beine beziehungsweise auf das Oberteil der Bluse einer Frau schwere Belästigungen sind. Richtig. Die Superfrommen verschiedener Religionen wußten schon immer: Wer eine Frau anschaut, kann sie begehrenswert finden, was ihn zu einem Annäherungsversuch oder gar zur Vergewaltigung verleiten könnte; deshalb haben sie die Blicke verboten beziehungsweise die Frauen sich verschleiern lassen.

Soweit ist alles klar. Die frechen Gucker oder Komplimentemacher müßten strengstens bestraft werden.

Man muß aber auch vor subtileren Formen der Anmache warnen. Wenn zum Beispiel ein Mann in Anwesenheit einer Kollegin erzählt: »Meine Frau ist vor zwei Wochen zur Kur gefahren und bleibt dort noch weitere zwei Wochen. Ich fühle mich so einsam …«, was beabsichtigt er damit, he? Man sollte diesem Mann sofort fristlos kündigen.

Auch diese Art der sexuellen Belästigung ist noch sehr plump und durchschaubar. Es gibt raffiniertere Formen.

Ein ausgekochter Anmacher sagt etwas scheinbar Belangloses. Zum Beispiel: »Schönes Wetter heute.« Merken Sie die List? »Schönes Wetter« heißt doch »Wie für Liebe geschaffen«!

Noch schlimmer, wenn er sagt: »Es regnet schon wieder!« Da kommt doch sofort jedem die Anekdote über die Hollywood-Diva in den Sinn, die die Hand aus dem Fenster ihres Straßenkreuzers herausstreckte und sagte: »Es regnet. Wenn es regnet, kann man nur zweierlei tun – und ins Kino gehe ich ungern.«

Ja, wenn Männer in Anwesenheit von Frauen über das Wetter sprechen, ist es eine raffinierte Form der Anmache. Es gibt überhaupt kein Gesprächsthema, das nicht als anzügliche Andeutung gedacht ist oder ausgelegt werden könnte. Und es gibt zwei Sorten von Frauen, die es immer so verstehen: Diejenigen, die angemacht werden wollen, und die, die es partout nicht wollen.

Die Gespräche am Arbeitsplatz müßten streng auf Dienstangelegenheiten beschränkt werden. Aber auch da kann man nicht ganz sicher sein. Wenn zum Beispiel der Chef ruft: »Frau Müller, bringen Sie mir bitte den Brief zur Unterschrift!«, kann es sehr wohl ein Annäherungsversuch sein – der Mann zwingt doch somit die Frau, näher an ihn heranzukommen. Eigentlich müßte er sagen: »Man möge mir den Brief zur Unterschrift bringen«, um zu zeigen, daß er nicht an Frau Müller persönlich interessiert ist. Auch dies kann freilich eine Finte sein, zumal wenn es außer Frau Müller keine anderen Mitarbeiter im Büro gibt.

Selbst wenn man jede Art verbaler Kommunikation am Arbeitsplatz verbieten oder auf festgelegte unverfängliche Codesätze beschränken würde, bliebe noch das weite Feld der nonverbalen Anzüglichkeiten zu bereinigen. Schon das Zureichen eines Werkzeugs kann eindeutige Elemente der Erotik, ja der Laszivität enthalten. Frage man die Freudianer, was sie davon halten, wenn ein Mann einer Frau den Hammer mit dem Stiel nach vorn in die Hand drückt oder einen ungeöffneten Regenschirm anbietet.

Besonders gefährlich und für Frauen belästigend sind die Blicke. Die Richtung eines Männerblickes ist nicht immer leicht zu erkennen, keine Frau kann sicher sein, daß er nicht wie zufällig irgendein Detail ihres Körpers streift. Scheuklappen für Männer würden das Problem allein nicht lösen, und – wie die Erfahrung aus den moslemischen Ländern lehrt – Schleier und formverhüllende Kleidung für Frauen auch nicht. Hier muß die moderne Technik ran. Es muß doch möglich sein, eine Brille für den Arbeitsplatz zu konstruieren, durch die man alles deutlich sehen kann, außer menschliche Körper.

Da man nicht ausschließen kann, daß sich einige Männer und Frauen gegenseitigen Kontakt am Arbeitsplatz wünschen, müssen diese Fälle förmlich geregelt werden. Die arbeitende Frau soll das Recht haben, dem einen oder anderen Kollegen eine schriftliche Ausnahmegenehmigung zu erteilen. »Herr XY darf mich ohne Arbeitsplatzbrille anschauen« beziehungsweise »mir auch Komplimente machen, mit mir über außerdienstliche Angelegenheiten sprechen« oder sogar »versuchen, mich zu einem gemeinsamen Essen einzuladen« usw. Ein Exemplar eines solchen notariell beglaubigten Dokuments wird dann dem Berechtigten ausgehändigt, das zweite bei der Firmenleitung hinterlegt.

Aus Gründen der Gleichberechtigung – es soll schon Fälle gegeben haben, daß Frauen Männer zu locken versuchten – müßten auch Männer ähnliche Genehmigungen an Frauen erteilen dürfen. Hier entsteht aber eine delikate technisch-juristische Frage: Ist der Versuch, so ein Dokument auszuhändigen, nicht eine unerlaubte Anmache? Dieses Problem zu lösen ist eine Aufgabe für scharfsinnige Juristen.

Das Engagement vieler Politikerinnen und Politiker in dieser Sache beweist, daß das Problem der sexuellen Belästigung am Arbeitsplatz das einzig wirklich brennend aktuelle in unserer sonst sorgenfreien Welt ist – vergleichbar vielleicht nur noch mit der Belästigung durch die Raucher –, also muß man der Sache an die Wurzel gehen.

Der Unfug ist ja uralt – er begann wohl am ersten gemeinsamen Arbeitsplatz beider Geschlechter, als Männlein und Weiblein zusammen nach Wurzeln und Beeren suchten. Und solche Verbrechen wie ein unkeuscher Blick oder ein mit Absicht gemachtes Kompliment dürfen nicht verjähren.

Man muß also alle bestehenden Ehen und andere Verbindungen zwischen Mann und Frau darauf untersuchen, ob sie ihren Ursprung nicht in der Anmache am Arbeitsplatz genommen haben. Falls ja, sollten sie per Gesetz aufgelöst und die Schuldigen bestraft werden. Eine Kampagne, in der es um saubere Verhältnisse geht, muß absolut konsequent durchgeführt werden.

Das Problem ist, daß man sich schon kannte, als man noch etwas schöner war.

Unterwäsche

Auf dem Balkon eines Hauses, in dem zufällig mehrere Schreibende wohnten, wurden einige Stücke weiblicher Wäsche zum Trocknen aufgehängt.

Den Autor von historischen Romanen inspirierten die bunten Farben der Wäsche zu einer dramatischen Szene, in der ein Häuflein von Rittern erbittert die Fahne verteidigte.

Der dicke kahlköpfige Lyriker aus dem ersten Stock schrieb ein langes romantisches Gedicht über das Geheimnis des ewig Weiblichen. Es war ein optimistisches Gedicht, voller Versprechungen.

Den Untermieter aus der Dachwohnung, einen hageren und bebrillten jungen Poeten, erinnerte die Wäsche an seine untreue Freundin Silvia, die keine Unterwäsche trug, und zugleich an seine treue Freundin Monika, deren Büstenhalter einen widerspenstigen und heimtückischen Verschluß hatte. Das kurze Gedicht, das er schrieb, wäre eigentlich pessimistisch gewesen, wenn man es hätte verstehen können.

Der Pornoautor füllte mit Hilfe der Schreibmaschine jedes Stück Wäsche mit einer Frau, dann mit Pärchen, aus denen später gleichgeschlechtliche Paare wurden; schließlich hat er die Wäsche ganz gestrichen, denn Wäschefetischismus ist für einen harten Porno zu banal.

Der Verfechter der Sittenreinheit regte sich bei dem Anblick der Wäsche sehr auf und schrieb einen feurigen Artikel gegen die Unsitte, intime Wäsche zur Schau zu stellen. Reinheitsapostel kommen sehr billig zu ihren Erregungen, denn ihnen reicht die Unterwäsche ohne Inhalt.
Die Quellen der literarischen Inspiration sind unerschöpflich und unergründlich.

Es hilft nichts, die Jungen nachzuäffen. Man muß sich wie ein junger Mensch seines Alters benehmen.

Eine gute Ehe

Es ist eine gute Ehe.
Sie heiratete ihn,
weil sie
heiraten wollte.

Er heiratete sie,
weil ihn
keine andere
heiraten wollte.

Es ist eine gute Ehe,
weil die beiden
nicht miteinander
verheiratet sind,
sondern
mit der Ehe.

Die Sänfte

Die Ehe ist eine Sänfte, ein Beförderungsmittel, das nicht gerade für das zwanzigste Jahrhundert gedacht war. Wenn es keine Sklaven und keine Untertanen gibt, kann man mit einer Sänfte nicht viel anfangen. Und was sollen *zwei* Menschen mit einer Sänfte tun? Wollen sie beide sitzen, kommen sie nicht vom Fleck. Wollen sie beide tragen, kommen sie zwar fort, aber wozu brauchen sie dann das Gestell mitzuschleppen, in dem keiner sitzt? Manchmal kann einer den anderen dazu bringen, daß er allein trägt – damit schafft man aber nicht viel, die Sänfte braucht zwei Träger.

Ab und zu kann sich einer der Partner in der Sänfte tragen lassen, wenn sich ein Dritter findet, der mitmacht.

Unser Jahrhundert hat die Sänfte geerbt, ein schweres, antiquiertes Stück, und kann es nicht wegwerfen, zumal es noch kein besseres Beförderungsmittel für unsere Kinder gibt. Wenn Kinder oben sitzen, hat die Sänfte einen Sinn, aber sie wird auch dadurch nicht moderner.

Man könnte getrost noch hundert Jahre auf Mondflüge verzichten, könnte man mit den für die Raumfahrt bestimmten Mitteln ein Vehikel für die Kinder – und vielleicht auch für uns – bauen, das moderner wäre als die alte Sänfte.

Was Männer lieben dürfen

Eine amerikanische Frauenzeitschrift machte eine Umfrage, um festzustellen, was die Amerikaner an ihren Frauen am meisten schätzen. Die Ergebnisse zeigten, daß sie am meisten die Liebe ihrer Frauen schätzen, 81 Prozent der Befragten haben das gesagt. An zweiter Stelle steht Humor mit 67 Prozent, dann folgen Intelligenz mit 64 und Selbstbewußtsein mit 56, erst später guter Körperbau mit 40, schönes Gesicht mit 33 und Busenumfang mit 16 Prozent.

Dies klingt alles sehr vernünftig, denn es wurden eben die Qualitäten besonders hervorgehoben, die ein dauerhaftes Bündnis zu erhalten helfen. Um das allgemeine Bedürfnis aller Menschen, geliebt zu werden, zu beweisen, brauchte man eigentlich keine Umfrage zu veranstalten. So wird übrigens mein Aphorismus bestätigt: »Liebe ist die höchste Stufe des Egoismus. Wir lieben nicht unsere Partner, sondern ihre Fähigkeit, uns zu lieben.«

Die 81 Prozent Stimmen für die Liebe sind trotzdem nicht sehr aufschlußreich. Ist das die naive männliche Überheblichkeit, daß so viele Männer glauben, von ihren Frauen geliebt zu werden? Oder möchten sie es nur? Und die übrigen 19 Prozent – möchten die nicht geliebt werden?

Schließlich hat doch die Antwort Nummer eins nur in Verbindung mit zumindest einigen von den anderen Qualitäten einen Sinn. Es macht doch wohl keine große Freude, von einem Geschöpf ohne Humor, ohne Intelligenz, ohne Selbstbewußtsein, mit schlechter Figur und unschönem Gesicht geliebt zu werden – oder? Vom Busenumfang spreche ich gar nicht, weil er mit der Schönheit und Liebenswürdigkeit einer Frau nichts zu tun hat.

Die Behauptung, daß man an seiner Frau am meisten ihre Liebe schätzt, kann eine Liebeserklärung sein, voller Stolz und Dankbarkeit, wie auch eine Ausflucht aus der Verlegenheit, wenn man sonst nichts an seiner Frau hervorzuheben weiß. Die ganze Umfrage der amerikanischen Frauenzeitschrift hat nämlich einen großen Haken: Die Fragen haben die Ehefrauen selbst gestellt. Wenn man dies berücksichtigt, kann man aus dieser Statistik eher erfahren, wie die Frauen der befragten Männer sind und wie sie gesehen werden möchten.

Daß Humor und Intelligenz so stark betont werden, ist zwar objektiv richtig, beweist jedoch zugleich, daß Schönheit nicht das stärkste Argument dieser Frauen ist, sonst hätten sie ihr einen besseren Platz erzwungen. Mein Vater, der noch in einer Zeit geheiratet hat, als man Ehen vermittelte und organisierte, sagte mir einst: »Wenn man dir eine Braut empfiehlt und damit anfängt, daß sie intelligent sei, mußt du gar nicht weiter zuhören – das bedeutet, daß sie nicht schön ist. Sonst würde man das an erster Stelle nennen. Man muß nämlich eine schöne Frau heiraten – so wie unsere Mutti –, sonst gefallen einem die anderen zu sehr...«

Ich fürchte, daß die meisten Frauen die Meinung mei-

nes Vaters vom Stellenwert der Schönheit und der Intelligenz bei einer Frau teilen. Besonders die, die Intelligenz betonen und Schönheit als Kriterium ablehnen.
Sex-Appeal tritt in der Skala gar nicht auf – vielleicht war es eine besonders keusche Frauenzeitschrift, die diese Umfrage veranstaltete. Es wird aber auch die Treue nicht notiert, zumindest nicht an der Spitze der Tabelle – wie soll man das verstehen?
Immer wieder lassen mir jene 19 Prozent Männer keine Ruhe – und ihre Frauen, die sie doch befragt haben –, die die Liebe nicht an erster Stelle nannten. Waren das kühne Männer, die ihrer Frau in die Augen sagten, daß sie sie nicht liebt, oder daß sie ihre Liebe nicht schätzen? Oder unsichere, die es nicht zu sagen wagten, daß sie der Liebe wert wären? Waren das Männer von Frauen, die meinten, daß es eine unverschämte männlich-chauvinistische Forderung sei, von ihnen Liebe zu verlangen?
Oder aber waren das Männer und Frauen, die glaubten, Liebe sei ein zu vager Begriff und sich auf konkrete Eigenschaften konzentrierten?

Die strenge sexuelle Moral entsteht durch vereinte Wirkung der ungenutzten und der abgenutzten Geschlechtsorgane.

Mal eine vernünftige Heirat

Der Junggeselle Ramon Garcia Diaz aus Puerto Rico verliebte sich während einer Urlaubsreise in die sechzehnjährige Mayra Tonaza Perez und hat sie geheiratet.

Das ist ein verhältnismäßig häufiger und keineswegs außerordentlicher Vorgang, es gäbe keinen Grund, darüber die Öffentlichkeit zu benachrichtigen, wenn nicht die Tatsache, daß der Jungvermählte 115 Jahre alt war. Sein Alter allein wäre für einen Zeitungsbericht Grund genug, denn Menschen, die es schaffen, sich so lange auf unserem rotierenden Erdball zu halten, verdienen es, anderen als Vorbild vorgestellt zu werden. Es ist klar, daß sie das Geheimnis des richtigen, gesunden Lebensstils kennen. Es ist interessant, von ihnen zu lernen.

In der Zeitungsnotiz, die ich gelesen habe, wurde nur eine Aussage von Ramon Garcia Diaz notiert: »Ich hatte vorher niemals Zeit zum Heiraten. Ich war ein Abenteurer.«

Ein bißchen wenig Angaben für eine wissenschaftliche Analyse, allerdings zwei bedeutende haben wir: Abenteurer und Junggeselle. Will man sie als Rezept für das lange Leben auf einen Nenner bringen, ergibt sich folgendes: Ein spannendes Leben ohne eheliche Spannungen. Mir scheint die Formel einleuchtend zu sein.

Um einen Teil der Lorbeeren hat sich Herr Garcia Diaz durch seine offenherzige Aussage gebracht – er gestand, daß er nicht aus Vernunft, sondern nur aus Zeitmangel so lange ledig geblieben war. Vielleicht war es aber eine Untertreibung, man möchte annehmen, daß man in so vielen Jahren lernt, bescheiden zu sein. Natürlich war es richtig, daß er jetzt doch geheiratet hat. Nach hundert Jahren abenteuerlichen Junggesellendaseins wird man selbst dessen überdrüssig und sehnt sich allmählich nach dem ruhigen Hafen der Ehe.

Man wird auch ein bißchen neugierig, wie es so auf der anderen Seite der Freiheitsgrenze aussieht.

Das Risiko, daß der Bund auf Lebenszeit einen unerträglich lange binden wird, ist in diesem Alter auch nicht allzu groß. Dauert die Ehe nur einige Jahre, wird der junge Ehemann nur ihre glücklichste Zeit absahnen, ohne die saure Milch der späteren Phasen schlukken zu müssen; wenn sie dagegen noch zehn oder fünfzehn Jahre aushält – was ich dem tapferen Manne wünsche –, wird er eine doppelte Bestätigung für die Richtigkeit seines Entschlusses finden: Weil er nichts von dem versäumt hat, was andere verheiratete Männer erlebten, und weil er erst mit 115 heiratete.

Daß er ein sechzehnjähriges Mädchen geheiratet hat, finde ich auch richtig, ja klug. Unter den Altersgenossinnen von Ramon Garcia Diaz ist die Auswahl zu eng. Da die Frau sowieso viel jünger sein muß, spielt es keine Rolle, ob sie um fünfundvierzig oder neunundneunzig Jahre jünger ist. Zumal dem Bräutigam die Sechzehnjährige wahrscheinlich besser gefallen hat als eine Siebzigjährige. Wer auf sein Eheglück so lange wartete, verdient es, dafür belohnt zu werden.

Auch für Mayra war die Wahl richtig. Sie kriegt einen soliden, lebenserfahrenen Mann, der die abenteuerlustigen Flegeljahre bereits hinter sich hat. Bei dem Alter ihres Mannes wird es ja für sie eine Ehe auf Zeit sein, in der sie vieles lernen und reif werden kann. Dieser Bund bewahrt sie vor einer leichtsinnigen Ehe mit einem unreifen Mann. Und wenn er dann ein Ende findet, wird sie noch jung genug sein, um geistig vorbereitet – und wahrscheinlich auch materiell gesichert – eine neue glückliche Ehe einzugehen.
An sich wäre es gut, solche Ehen auf Zeit allgemein als Vorbereitungsstufe einzuführen. An heiratswilligen Sechzehnjährigen wird es nicht mangeln. Nur der Vorrat der über Hundertjährigen ist klein.

Objektive Frauenakte können nur geschlechtslose Künstler malen.

Lohnt sich ein Mann im Haushalt?

Im Namen der Gerechtigkeit – der Mutter, der Gleichberechtigung – der Tochter und der Heiligen Emanzipation, Amen. Die Arbeit im Haushalt ist von Männern zu verrichten oder im schlimmsten Fall zwischen beiden Partnern zu teilen. Die Gemeinde sage noch einmal Amen.

Denn: Wozu sonst braucht man heute einen Mann im Haus? Um Geld zu verdienen? Das können die Frauen selbst. Des Sex wegen? Dazu ist einer, der kommt und geht, genauso, wenn nicht besser geeignet als einer, der morgens unrasiert und mit schlechter Laune aufwacht, das Badezimmer blockiert, über die Qualität des Kaffees meckert, das Abendessen vorgesetzt und die Hemden gebügelt haben möchte. Selbst technische Kenntnisse und handwerkliche Fertigkeiten sind heute keine Domäne der Männer. Ich zum Beispiel stehe in dieser Hinsicht weit hinter jeder durchschnittlich modernen Frau.

Wenn man schon einen männlichen Taugenichts der Kinder wegen nicht nur im Schlaf-, sondern auch im Fernseh- und Badezimmer sowie auch in der Toilette duldet, soll er zumindest seinen Teil der Hausarbeit machen. Sehr richtig! Gerechte Aufteilung der Hausarbeit ist die Losung der Zeit.

Nur, wie alle richtigen Losungen bereitet sie bei der praktischen Durchführung gewisse Schwierigkeiten und kann unterschiedlich ausgelegt werden.
Es gibt dabei überwindbare Schwierigkeiten und solche, die man nur schwer überwinden kann. Zu den überwindbaren gehört zum Beispiel der männliche Mangel an Qualifikationen. Es leben noch mehrere Generationen von Männern, die zur Hausarbeit nicht erzogen worden sind. Sie stellen sich in dieser Hinsicht sehr ungeschickt an. Man kann jedoch lernen. Die Arbeit im Haushalt ist zweifellos wichtig und verantwortungsvoll, gehört aber nicht zu denen, die eine spezielle Hochschulbildung voraussetzen. Das weiß ich aus eigener Erfahrung.
Schwieriger ist es schon, sich darüber zu einigen, was gerechte Teilung ist. In den Idealfällen, in denen beide Partner beruflich nicht arbeiten oder aber vergleichbare Berufe haben, ist es einfacher. Man muß dann halbe halbe machen – was halbe halbe ist, kann man nach einigen längeren Streitgesprächen festlegen.
Einigermaßen klar ist die Situation auch, wenn nur einer der Partner – ob Mann oder Frau – das Geld verdient. Dann ist es fast selbstverständlich, daß der andere das Gros der Hausarbeit übernimmt. Man muß das Geldverdienen auch als Arbeit für die Familie anerkennen, es verlangt oft nicht weniger Anstrengung als der Abwasch, sogar als das große vorweihnachtliche Saubermachen.
Die nächste Komplikation ist die, daß nicht alles, was gerecht, auch gut ist. Nehmen wir als Beispiel ein Paar, von dem beide einem Karriereberuf nachgehen, das heißt einem, der mit vierzig Pflichtstunden pro Woche

nicht abgespeist werden kann. Wird hier die Last der Hausarbeit ungleich verteilt, wird der mehr belastete Partner benachteiligt, am beruflichen Fortkommen gehindert. Wird aber die Last gerecht verteilt, besteht die Gefahr, daß *beide* Partner beruflich nicht fortkommen. Dies mag gerecht sein, vorteilhaft ist es nicht. Es ist halt so, daß Ökonomie sich nur selten in Einklang mit der Gerechtigkeit bringen läßt.

Infolge historischer Fehlentwicklungen der Männergesellschaft üben manche Männer und Frauen Berufe aus, in denen sie nicht nach Stunden, sondern nach den Ergebnissen ihrer Arbeit entlohnt werden. Die Zeit eines Managers, eines Arztes oder eines selbständigen Handwerkers – oder einer Managerin, Ärztin, Handwerkerin – ist meistens für Haushaltsarbeiten zu teuer.

Ähnlich wie die Ökonomie kann auch die Liebe die gerechte Arbeitsteilung stören, sie hat ja noch weniger mit der Gerechtigkeit zu tun als Ökonomie (es ist schon ungerecht, daß die einen geliebt werden und die anderen nicht.) Aus Liebe kann ein Partner dem anderen Arbeit abnehmen, ohne Rücksicht auf die Gerechtigkeit der Teilung. Wenn aber Liebe im Spiel ist, stellt sich die Frage gar nicht, ob sich ein Mann (oder eine Frau) im Haushalt lohnt.

Fazit: Die ganze Arbeit für die Familie muß in den gesamten Pott kommen – das Geldverdienen und die Hausarbeit. Ob sie gerecht verteilt wird, ist nicht wichtig, Hauptsache, daß beide Seiten die vereinbarte Teilung sinnvoll finden und den Arbeitsanteil des anderen schätzen und achten. Alles andere sind nur Losungen und keine Lösungen.

Jagd im Supermarkt

Es gibt grundsätzlich zwei Sorten von Männern, und dies gilt für alle Altersstufen: Die einen, die Modernen, drehen sich auf der Straße nach schicken Autos um; und ihr Herz erwärmt sich erst, wenn sie allerlei technisches Zeug einkaufen können – von komplizierten Taschenrechnern, deren viele Funktionen sie nie gebrauchen werden, bis zu Stereo- oder Quadroanlagen, deren Tonfeinheiten bei weitem ihr Hörvermögen übersteigen. Ich gehöre zur zweiten Kategorie, zu den Altmodischen, die sich auf der Straße nach Frauen umschauen und am liebsten Lebensmittel einkaufen.

Das Einholen von Lebensmitteln ist auch eine urmännliche Sache. Es ist ein Beutegang, auch wenn man heute nicht mit Pfeil und Bogen und nicht mit dem Falken auf dem Arm, sondern eben mit Mäusen in der Tasche auf Jagd geht.

Der Anfang vom Ende der Männerherrschaft – falls es so was wirklich je gab – war der Moment, in dem die Jagd aufhörte, die Grundquelle der Nahrung zu sein, und Frauen die Besorgung der Lebensmittel übernahmen. Somit haben sie nicht nur die Hausfinanzen in den Griff bekommen, sondern auch ein wohl noch wichtigeres Machtmittel – eben die Lebensmittel. Denn nicht nur die Liebe geht durch den Magen.

Das Wort *Lebens*mittel spricht für sich selbst. Es hat seinen Sinn auch in der Zeit des einfachen Einkaufens nicht verloren. Wer die Wahl hat, hat nicht nur die Qual, sondern auch die Entscheidung. Also die Macht.

Heute sieht man beim Einkauf – im Rahmen der Gleichberechtigung – auch viele Männer. Der Schein trügt aber. Sie sind nicht zum Einholen da, sondern nur zum Abholen. Zu einer rein technischen Leistung also. Mit einer Liste in der Hand oder mit strengen Anweisungen im Kopf. Oder aber mit der Chefin selbst, die mit dem Finger zeigt, was mitzunehmen ist. So nützen die Frauen rationell das Tier im Manne – das Arbeitstier –, ohne etwas von der Entscheidungsgewalt einzubüßen.

Ein Mann, der selbst entscheiden darf, was er jeden Tag ißt, ist entweder ein Alleinstehender oder ein fast Gleichberechtigter. Ganz gleichberechtigte Männer gibt es nicht – Haustyrannen sind ja auch keine Gleichberechtigten –, denn kluge Frauen halten ihre Machtinstrumente fest. Und alle Frauen sind klug, auch die, die sonst nicht besonders klug sind – die vielleicht besonders. (Was kein Kunststück ist, solange sie nur mit Männern zu tun haben.)

Übrigens, Frauen, die ihre Männer zum Abholen des Einkaufs schicken, handeln klug, nicht nur im Sinne der rationellen Arbeitsteilung. Die Männer bringen die besseren Stücke Fleisch und schöneres Obst nach Hause. Sie werden selbst in Selbstbedienungsläden besser behandelt und beraten. Ich weiß es aus eigener Erfahrung. Die Verkäufer helfen ihnen aus Solidarität. Sie wollen ihnen eventuelle häusliche Sanktionen ersparen. Die Verkäuferinnen nehmen sich der unbeholfenen Abholer an, weil sie ihnen gegenüber mitleidig gönnerhafte Überlegenheit fühlen. Diese komischen Figuren sind ja keine hartgesottenen, besserwissenden, nie zufriedenen und immer streitbereiten Konkurrentinnen. Es sind mütterliche Gefühle, die das Kind im Manne weckt.

In einem Lebensmittelgeschäft sind auch Männer die besten Kunden, besser noch als die Kinder, weil sie mehr Geld haben. Ein Mann hat die Tendenz, in größeren Mengen einzukaufen. Besonders, wenn er hungrig in den Laden kommt – und das ist bei den Alleinstehenden meistens der Fall, denn nur der Hunger erinnert sie daran, daß sie einholen müssen. Die Faulheit spielt auch eine gewisse Rolle – man kann es auch »rationales Denken« nennen –: »Wenn ich schon da bin, kaufe ich lieber mehr, wozu soll ich zweimal laufen.«

Männer, die ohne Liste einkaufen, sind ideale Kunden. Sie kommen ohne Plan und kaufen nicht das, was sie wollen, sondern wollen das, was sie sehen. Auch hier macht sich der spielerische Jagdtrieb bemerkbar. Sie lassen sich leicht verführen – schließlich ist das Männchen zum Verführtwerden geschaffen. Vor allem die Alleinstehenden: Sie wähnen sich in ihren Entscheidungen frei – und nehmen, was man ihnen verlockend vor die Nase schiebt.

Zumindest drei Kategorien von Menschen werden mit mir einverstanden sein, daß Einkauf von Lebensmitteln Männersache ist: Frauen, die die Haushaltsarbeit gleichberechtigt verteilen möchten, Männer, die sich emanzipieren wollen (die anderen werden ja nicht gefragt), und die Kaufleute.

Sparsamkeit

»Wer spart, ist reich«, sagt die Werbung. Wahr ist: Wer reich ist, kann leicht sparen.

»Eine echte deutsche (chinesische, tschechische, französische usw.) Frau ist sparsam«, heißt die alte Weisheit.

Frau Anna wollte eine echte Frau sein.

Sie zog in eine kleinere Wohnung um, ging nicht mehr zum Friseur, kaufte keine neuen Kleider und fütterte ihren Mann nur mit Nudeln. Infolge dieser Methode hatte ihr Mann immer häufiger Abendsitzungen und Geschäftsreisen, und Frau Anna mußte es aufgeben.

Dann stürzte sie sich auf Sonderangebote und Ausverkaufsaktionen. Sie hatte zwar an dem Preisunterschied viel eingespart, ihr Haushaltsgeld war jedoch immer schon in der ersten Woche zu Ende.

Not ist die Muter der Erfindung. Frau Anna erfand eine neue Sparmethode, die einzig wirksame.

Sie besucht die teuersten Geschäfte, sucht sich da die schönsten Pelze, Diamantringe und Sportwagen aus, fragt nach dem Preis – und kauft nichts. Die so entstandenen Ersparnisse trägt sie in ein Heft ein.

Frau Anna hat auf diese Art in den letzten zwei Monaten sechsundachtzigtausend Mark gespart. Sie hat zwar nicht mehr Geld als früher, aber sie ist zufrieden.

Männer kochen sich frei

Wäre ich eine Frau, würde ich heute keinen Mann heiraten, der nicht kochen kann. (Als Mann war ich schon einmal verheiratet, und das reicht mir, obwohl meine Ex-Frau ausgezeichnet kochte.) Frauen sollen die Ehekandidaten auf ihre Kochkünste überprüfen und notfalls dazu anhalten, kochen zu lernen.

Es geht nämlich um die praktische Gleichberechtigung – sie bleibt, zumindest im Bereich der Küche, ein leeres Wort, wenn der Mann nicht kochen kann. Küche ist kein Amt, wo man Aufgaben übernehmen kann, für die man keine Qualifikation hat.

Ein Freund von mir hat sich auf genial einfache Weise so manche Privilegien im Familienleben gesichert, indem er sich gleich am Anfang seiner Ehe konsequent ungeschickt am Herd und beim Abwasch anstellte. Die Ehe dauert schon fünfundzwanzig Jahre – eine von den ganz wenigen guten, die ich kenne –, und der Mann kann immer noch nicht einmal Tee oder Eier zubereiten. Womit er – nebenbei gesagt – einen Beweis dafür liefert, daß verminderte Gleichberechtigung nicht immer eheschädigend sein muß.

Einen kochenden Mann zu heiraten, ist wohl etwas schwerer als einen nichtkochenden. Er hat schon dadurch einen höheren Heiratsmarktwert, weil er einen

Grund mehr hat, geheiratet zu werden, und einen Grund zum Heiraten weniger. Es kann einige Schwierigkeiten in der Partnerschaft bereiten, daß der Könner höhere Ansprüche stellt und sich nicht so leicht abspeisen läßt. Trotzdem aber lohnt es sich, ihn zu heiraten, und zwar nicht nur deshalb, weil man sich die Küchenarbeit teilen kann. Die Gewißheit, daß man nicht deswegen geheiratet wurde, weil der Mann dringend jemanden brauchte, der ihn bekochte, ist auch etwas wert. Indem ich die ehelichen Vorzüge der kochenden Männer anpreise, übe ich wahrscheinlich an dieser Männersparte, zu der ich auch gehöre, Verrat. Denn viele Männer haben ja deshalb kochen gelernt, um nicht heiraten zu müssen, zumindest nicht aus niederen Magenbeweggründen.

Ich spreche nicht von Berufsköchen – dies ist ein Beruf und kein leichter. Er hat mit der Privatsphäre, über die wir uns jetzt unterhalten, nichts zu tun. Ich habe mit vielen Küchenmeistern gesprochen – und es waren wahre Meister –, die zu Hause das essen, was ihre nichtprofessionellen Frauen kochen. Das hat eine wohl tiefere Bedeutung als nur die, daß man in seiner Freizeit meistens ungern dasselbe tut wie während der Arbeit.

Zumal die allgemein verbreitete Meinung, daß Männer besser kochen als Frauen, eine Halbwahrheit ist wie alle Pauschalbehauptungen und einer Untersuchung bedarf. Es ist wahr, daß alle berühmte Köche, oder fast alle, Männer waren und sind. Aus demselben Grund wie fast alle großen Ärzte, Mathematiker oder Philosophen: weil Kochen immer ein Männerberuf war, ob in großen Herrenhäusern oder in großen Restaurants. Den Frauen war die Familienküche reserviert.

Ich lebte lange in Asien. Da kocht im Alltag die Frau – wenn jedoch Gäste kommen, schlachtet der Hausherr selbst den Hammel und bereitet feierlich den Berg von Pilaf zu. Die Frau darf das Gemüse schneiden. (Merken wir uns noch, daß er einen ganzen Hammel zur Verfügung hat, den hat seine Frau nie.)
Privat kochende Männer betreiben das Kochen meistens als Hobby – also nur, wenn und wann sie Lust haben – und auch nur, wenn sie eine künstlerische Berufung in dieser Richtung fühlen. Ehefrauen müssen dagegen jeden Tag kochen, ohne Rücksicht darauf, ob sie sich berufen fühlen oder nicht, ob sie kochen mögen und gerade Lust dazu haben. Man kann ihre Leistungen mit denen der Hobby-Köche genausowenig vergleichen wie die Kampftaten eines abenteuerlustigen Ritters mit denen seiner zwangsmobilisierten Knechte.
Von alleinstehenden Frauen wird hier nicht gesprochen, denn sie kochen wie alleinstehende Männer – entweder nur das Notwendigste oder als Hobby und künstlerisch für Gäste.
Selbst allein oder mit Kindern lebende Männer, die notgedrungen mehr oder weniger regelmäßig kochen müssen, haben noch einen Vorteil den Ehefrauen gegenüber: Niemand teilt ihnen das Haushaltsgeld zu und niemand verlangt Rechenschaft. Das erleichtert natürlich das gute Kochen sehr.
Wenn man aber nachforscht, was jemand am liebsten mag, wird es immer ein Gericht sein, das seine Mutter kochte. Nur sehr Reiche oder sehr Versnobte werden sich vielleicht an das Werk irgendeines *maître de cuisine* erinnern, und man muß es ihnen nicht immer für bare Münze abnehmen.

Es ist natürlich möglich, daß mein Sohn einst zu seiner Frau sagt: »Weißt du, die Koteletts … mein Vater hat sie viel besser gewürzt!« Sie wird aber vielleicht kontern: »Dein Käseomelett schmeckt gut, sieht aber bei weitem nicht so gut aus wie das von meiner Mutter.« Denn mein Sohn versucht es schon etwa seit seinem elften Lebensjahr mit dem Kochen, vorläufig nur auf der Hobby-Basis, solange die Kochpflicht beim Vater liegt.

Immer mehr Männer kochen, und das ist gut. Das macht unabhängig – ob von oder in der Partnerschaft. Befreit die Männer aus der magischen Macht der Köchinnen, über die Günter Grass ein Buch von siebenhundert Seiten geschrieben hat. Vor mehr als vierzig Jahren schrieb der tschechische Schriftsteller Karel Konrad: »Seit die Bata-Werke auch Männersocken reparieren, hat die Ehe aufgehört, ein philosophisches Problem zu sein.« Für das Kochen gilt das noch viel mehr.

Mein Appell an die Frauen, Männer zum Kochen anzuhalten, war also doch nicht so ganz Verrat an der Männersache – obwohl ich Frauen zuliebe zu allem fähig bin (eine typische Männerschwäche). Die allgemeine Verbreitung der Kochkunst unter den Männern kann nicht erreicht werden, wenn die Frauen sie nicht dazu bringen. In der ganzen Geschichte der Menschheit haben die Männer noch nichts geschaffen – nichts Gutes und nichts Böses –, wozu sie nicht von den Frauen, auf positive oder negative Art, gebracht wurden.

Wollen sie eigentlich heiraten?

Wenn eine Frau inseriert: »32/165, blond, schlank, Beamtin, mit einer süßen 3jhr. Tochter, sucht netten Mann, Akademiker bevorz., keine Bedingung«, dann weiß ich, daß diese Frau einen Ehemann braucht.
Wenn in der Zeitung steht: »Apothekerwitwe 39/168 sucht Mag. Ph. bis 45, kl. Verm. aus Paritätsgründen erwünscht«, dann braucht sie einen Geschäftspartner, der aus Sparsamkeitsgründen auch den Sexualnotdienst verrichten soll. Und alles ist klar.
Wenn aber eine schreibt: »Ich liebe Mondschein und Händel, aber auch konkrete Musik und sonnige Küsten, lange Gespräche und Schweigen zu zweit, modernes Theater, Proust, Kafka und Joyce, interessiere mich für Zen-Buddhismus, frühes Christentum, antiautoritäre Erziehung, psychologische und soziologische Probleme, naive Malerei, antike Möbel, experimentelle Poesie, ferne Reisen, exotische Küche und kleine Kinder« – was soll man damit anfangen?
Angenommen, daß diese kulturvolle Dame tatsächlich alle diese Interessen hat. Dann braucht sie eine gute Stereoanlage, eine Bibliothek, ein Theaterabonnement, einen Diskussionskreis und genug Geld für Reisen und exotische Restaurants. Einen Mann allenfalls dafür, alles zu besorgen und zu bezahlen und eventuell sie

noch zu begleiten. Sonst bleibt ihr doch bei ihren zahlreichen Neigungen gar keine Zeit für ihn. Aufgrund dieser Interessen kann man mindestens sechs Vereine gründen, aber keine Ehe.

Solch eine Anzeige kann vielleicht einen verkannten Poeten locken, der hofft, für den Preis der Heirat endlich ein Auditorium zu finden. Ich fürchte jedoch, daß selbst er enttäuscht sein wird: Eine Dame, die so mit Problemen vollgestopft ist, will selbst reden und nicht ihrem Mann zuhören. Und wovon soll auch ein armer Schreiber das alles finanzieren? Seine potentielle Partnerin hat ja offensichtlich keine Zeit, Geld zu verdienen. Zu schätzen wäre natürlich die Vorliebe der Ehekandidaten für das »Schweigen zu zweit«. Es ist jedoch zu befürchten, daß dies nur für die Zeit von zwei Uhr nachts bis zum Frühstück gilt und dann höchstens für die kurzen Pausen zwischen den Gesprächen über Joyce, Pinter und Guru Singh.

Dann ist noch die Kinderliebe wichtig. Bertrand Russell hat schon vor Jahrzehnten gesagt, wenn es keine Kinder gäbe, brauchte man keine Ehe. Welcher verantwortungsvolle und nicht unbarmherzige Mann wird es aber wagen, Kinder in die Welt zu setzen, die dann antiautoritär, nach den modernsten Regeln der psychologischen Wissenschaft und mit Hilfe von Yoga-Übungen erzogen werden?

Der Verdacht liegt nahe, daß eine Frau, die auf diese Art inseriert, überhaupt nicht heiraten will – sie will nur schwarz auf weiß bestätigt haben, daß sie ein subtiles, gebildetes, modernes Wesen ist.

Wie lange kann man im Mondschein spazieren und über diese erhabenen Dinge reden? Ein Jahr? Eineinhalb? Dann wird man entweder melancholisch und für psychiatrische Behandlung reif, oder man wird zum Mörder und geht ins Gefängnis.

Und trotzdem werde ich heiratslustigen Männern nicht abraten, auf solche Anzeigen zu antworten. Wahrscheinlich ist die Dame in Wirklichkeit gar nicht so, wie sie sich in der Anzeige darstellt. Im Grunde will sie einen netten Mann, mit dem man nicht nur darüber sprechen kann, daß der Krimi im Fernsehen wieder blöd war. Sie will mit ihm manchmal ins Theater gehen und ab und zu von ihm drei Rosen bekommen. Im übrigen will sie brav ihrem Beruf weiter nachgehen, als Beamtin, Sekretärin oder Lehrerin, vielleicht auch dann, wenn die lieben Kleinen, die kommen, ein bißchen größer sind. Sie will zwei, ein Mädchen und einen Jungen, und wird schon dafür sorgen, daß sie gut essen, sauber sind und gut lernen; sie wird zwar auch einige pädagogische Bücher kaufen, die Kinder werden ihr jedoch schnell beibringen, daß sie auf Theorien pfeifen. Von exotischen Gerichten mag sie nur bayerische oder Tiroler Semmelknödel. Über frühes Christentum und Proust wird sie nur gelegentlich in der Gesellschaft diskutieren, was ganz passend und repräsentabel ist.

Die Formulierung der Anzeige ist eine Kriegslist: Sie glaubt, daß der Mann, der noch zu haben ist, eben diese Dinge mag.

Heiraten Sie diese Damen, meine Herren, falls Sie überhaupt heiraten wollen. Eine Frau, die bereit ist, so viel Kultur über sich ergehen zu lassen, wird eine opferbereite, anpassungsfähige, dankbare, liebevolle und treue Frau sein.

Akademiker als Männer

Man muß auch an altmodische Menschen denken, die sich nach überlieferten Werten und Mustern richten. Es gibt sie, trotz allem Fortschritt, in allen Altersgruppen, so wie es in allen Progressive und Superprogressive gibt.

Es gibt zum Beispiel Frauen, die heiraten wollen, und zwar auf die Dauer. Die Familie stellen sie sich anders vor als nur eine Sextankstelle oder als die Arena für Diskussionen über die Selbstbestätigung. In der Regel träumen sie nicht von einem Ehemann, der sich mit Leib und Seele dem Kampf für die Verbesserung der Lebensbedingungen der Frösche verschrieben hat, es ist ihnen auch wichtig, wie er für die Lebensbedingungen der Familie sorgen wird.

Viele von diesen Frauen schätzen aus traditionellen, also nicht ganz rationellen Gründen die Bildung – ob sie selbst gebildet, halbgebildet oder viertelgebildet sind – und möchten Akademiker als Partner gewinnen. Es sei dahingestellt, ob ein Hochschuldiplom immer ein Zeugnis von echter Bildung ist.

Ich möchte den Frauen ein wenig Hilfe für ihre Wahl geben. Meine Überlegungen sind absolut zuverlässig, weil sie sich auf keine Theorien, Statistiken oder Umfragen stützen.

Zuerst möchte ich grundsätzlich feststellen, daß akademisch gebildete Männer in der Regel Männer bleiben, sie sind also in dieser Hinsicht nicht schlechter und nicht besser als die anderen. Es heißt zwar, daß das viele Studieren weltfremd macht; daß also so ein Dr. Dr. sehr ausführlich die psychobiologischen und entwicklungshistorischen Hintergründe der Kleptomanie der Elster (Pica pica) erklären, nicht aber einen Nagel in die Wand schlagen kann. Es gibt sicher auch solche. Aber selbst unter den theoretischsten Geisteswissenschaftlern gibt es begabte und begeisterte Bastler. Sie brauchen es als Ausgleich. So einer ist dann im Haushalt nützlicher als ein professioneller Handwerker, der ja keine Lust hat, nach Feierabend zu Hause zu werkeln, wo er keine An- und Abfahrt und keine Minuten als Stunden berechnen kann.

Ich weiß nicht, ob Einstein auch handwerkliche Fähigkeiten hatte. Er war aber als Geigenspieler und Zauberkünstler Hobby-Entertainer, könnte also heute beim Bildschirmausfall den Frieden in der Familie retten und somit quasi den nicht kommen wollenden Fernsehmechaniker ersetzen.

Bei der heutigen Technisierung der Haushalte läge es nahe, Ingenieure und andere Techniker zu bevorzugen. Vorsicht! Die meisten sind eng spezialisiert. Ein Spezialist kann vielleicht die Geschirrspüle reparieren, aber die Waschmaschine dafür nicht einmal einschalten. Solche Überraschungen erlebt man allerdings auch mit nichtakademischen Klempnern.

Wenn wir schon bei den Klempnern sind: Ärzte stehen nach wie vor als Ehekandidaten hoch im Kurs. Auf der Prestigeskala stehen sie in der öffentlichen Meinung an der ersten Stelle und gelten als Großverdiener. Außerdem ist ein Arzt im Hause immer gut, wenn jemand erkrankt – er kennt mit Sicherheit einen guten Arzt, zu dem er die Frau oder das Kind schicken kann. Vor Psychologen wird allerdings gewarnt. Erstens sind das keine echten Ärzte. Sie verstehen von Menschen noch weniger als die Krankenhausmaschinen; die meisten von ihnen haben ihr Fach gewählt, weil sie mit den eigenen Problemen nicht fertig werden. Und zweitens: Welche Frau möchte beim Abendessen erleben, daß ihr Mann nach einer gründlichen Analyse des Problems des angebrannten Schnitzels zu dem Schluß kommt, sie sei psychisch total unzulänglich, weil man ihr im Säuglingsalter zu selten die Windeln wechselte.

Einen guten Tip gab einst Agatha Christie. Sie habe einen idealen Mann, meinte sie. Er war Archäologe und schätzte sie um so mehr, je älter sie wurde. Archäologen sind demnach vorwiegend den Frauen über fünfzig zu empfehlen, denn für die Archäologie zählen kleinere Zeitabschnitte nicht. In dieser Alterskategorie gibt es aber viele attraktive und ehelustige Frauen. Die Tatsache, daß sie meistens schon Eheerfahrungen haben, kann sich oft in der neuen Verbindung positiv auswirken.

Jüngere Frauen, und vor allem solche mit abenteuerlichem Lebenswandel, sollten sich lieber einen Historiker suchen. Die können jede Vergangenheit so auslegen, wie es ihnen gerade paßt.

Will eine vollschlanke, mollige, korpulente oder einfach dicke Frau (falls es auch solche gibt) von ihrem Mann hoch geschätzt werden, sehe sie sich nach einem Physiker um. In der Physik hat Energie einen hohen Stellen-

wert, und sie wird nach der Einsteinschen Formel »$E = mc^2$« berechnet – Energie gleicht dem Quadrat der Masse.
Zoologen, und vor allem Verhaltensforscher, sind verhältnismäßig wenig für die Ehe geeignet. Sie könnten geneigt sein, Verhältnisse aus dem Tierreich auf die menschlichen zu übertragen, die doch nicht ganz gleich sind. Je nachdem, mit welchen Tierarten sie zu tun haben, können sie übertriebene Vorstellungen von der absoluten partnerschaftlichen Treue, oder umgekehrt, von voller Freizügigkeit in der Paarung haben; sie können von der hohen Überlegenheit des männlichen Elements überzeugt sein oder in panischer Angst vor der Rücksichtslosigkeit und Grausamkeit der Weibchen leben. Ihr einziger Vorteil ist, daß sie ab und zu zu längeren Expeditionen aufbrechen.
Ich hörte von Frauen, die es wissen müssen, daß Mathematiker manchmal ohne höhere Mathematik unberechenbar seien. Außerdem werden gerne Anekdoten über geniale Mathematiker erzählt, die sich beim Bäkker nicht ausrechnen konnten, wieviel sie für die Brötchen bezahlen mußten. Heute sind diese Anekdoten allerdings veraltet – man hat ja den Taschenrechner bei sich.
Keine Frau soll sich der Illusion hingeben, es wäre ökonomisch günstig, sich einen Wirtschaftswissenschaftler zu angeln. Die sind es nämlich gewohnt, großzügig mit Millionen und Milliarden umzugehen, die ihnen nicht gehören, sie könnten also zu einer permanenten Gefahr für die Haushaltskasse werden.
Sonst kann man natürlich fast jeden Akademiker zum Partner wählen, man muß nur wissen, wen.

Männerasyl Kneipe

Jeder kennt wohl die Geschichte von den zwei Männern, die um drei Uhr morgens am Tresen einer Kneipe sitzen und langsam trinken. Dann fragt einer: »Du, Kumpel, was sagt deine Alte, wenn du so spät nach Hause kommst?« – »Wieso? ... Ich bin nicht verheiratet ...« – »Warum sitzt du dann so lange in der Kneipe herum?!«

Dieser alte Witz erhellt die wichtigste Rolle der Kneipe: Sie ist ein Asyl, eine Zufluchtsstätte, und zwar nicht nur für geplagte Ehemänner – man kann sich manchmal sehr einsam und unbehaust fühlen, auch wenn man nicht verheiratet ist.

Natürlich tauchen in jeder Kneipe auch zufällige Gäste auf, die schnell ihren Durst mit einem Bier oder einer Limonade beziehungsweise ihren Hunger mit einem belegten Brötchen oder einer Bulette stillen. Diese Laufkundschaft ist für den Wirt ökonomisch nicht zu unterschätzen, zumal sie schnell den Tisch wieder frei macht, aber typische Kneipenbesucher sind diese Leute nicht – ihr eiliges Geschäft hätten sie auch in einer Imbiß-Bude oder bei Mac Donald's erledigen können. Es gibt übrigens Kunden mit noch eiligeren Geschäften, die eine Limonade bestellen, um das Recht zu erwerben, die Toilette aufzusuchen.

Eine richtige Kneipe – und fast jede ist für irgendwelche Menschen richtig, egal, ob sie groß oder klein, schmuck und gemütlich eingerichtet ist oder heimelig schmuddelig – ist ein Treff. Man kommt, um Menschen zu treffen, mit ihnen zu sprechen oder sie zumindest zu beobachten – es gibt eine Art schweigender Kommunikation, die einen, der nicht allein sein will, befriedigt, auch wenn die anderen vielleicht gar nicht merken, daß er da ist.

Wenn man eine Kneipe in sein Herz schließt, sie zu seinem Stammlokal, also zweitem Zuhause erwählt, darf da sogar das Bier ein wenig schal und das Brot ein wenig trocken sein. Es ist freilich leichter, eine Gaststätte ins Herz zu schließen, in der die Getränke und die kleinen Speisen gut schmecken.

Keine Chance, eine richtige Kneipe zu werden, hat nur eine Wirtschaft, in der das Personal dumm und unfreundlich ist. Obwohl – es gibt snobistische In-Lokale, deren Einrichtung geschmacklos und ungemütlich ist, die Bedienung arrogant, Speisen und Getränke teuer und miserabel, und doch sind sie jeden Abend voll. Sie sind durch die Laune oder durch das wirtschaftliche Interesse irgendeines Prominenten »in« geworden, und ihre Besucher drängen sich dort nicht, um zu genießen, sondern um gesehen zu werden. Solche Lokale sind Kultstätten des Snobismus.

Kneipen sind aber im allgemeinen Kultstätten. Nicht nur, weil in der einen eine bestimmte Biersorte und in der anderen ein bestimmter Sportklub vergöttert werden. Sie sind es eben als Treffpunkte. Die Synagoge der Juden heißt seit dem Altertum »Haus der Versammlung«; allerdings wird da Alkohol nur zu besonderen

Anlässen angeboten, etwa bei der Aufnahme eines Jungen in die Gemeinde oder bei einer Hochzeit. Auch die antiken heidnischen Tempel – ob in Griechenland oder in Babylon – waren Häuser der Versammlung; da wurden allerdings nicht selten orgiastische Bacchanalien gefeiert.

Eine Kneipe ohne Alkohol ist Unsinn. Es soll auch solche geben, ich habe aber noch keine betreten und habe es auch nicht vor. Man soll nicht eine Kneipentour mit einer Kneippkur verwechseln. Ein Glas Mineralwasser oder Limonade stimmt die Menschen nicht kommunikativ, ein Bier, ein Schoppen Wein oder ein Schnaps tun es. Und Kommunikation ist das wichtigste Element der Wirkung der Kneipe als Gesundheitsanstalt. Sie erspart die Teilnahme an irgendwelchen Erfahrungsgruppen, die meistens sowieso nur ein ritualisierter Schwindel sind. Daß es unter dem Einfluß von Alkohol manchmal zu Streitereien oder gar Schlägereien unter den Kneipenbrüdern kommt – nun, Konflikte unter Brüdern sind auch außerhalb der Kneipe nicht rar. Und, wie ein ehemaliger tschechoslowakischer Gesundheitsminister zu sagen pflegte, Alkohol, mäßig getrunken, schadet in keiner Menge.

Gutes Kneipenpersonal schafft es sowieso, Streitereien zu unterbinden oder schnell zu beenden, nicht nur mit Rausschmeißgewalt. Ein verständiger Wirt oder eine ebensolche Wirtin beziehungsweise mütterlich – schwesterlich einfühlsame Kellnerinnen sind ja die besten Psychotherapeuten. Sie haben Menschenkenntnis, Geduld und sind von keinen angelesenen Theorien verdorben. Man kann bei ihnen seine Sorgen abladen und sich Rat holen. Man geht ja auch nicht in die

Gaststätte »Zum Löwen« oder »Zum Bären« – dies tun nur die Ortsfremden – sondern zu Monika oder zum Walter.
Als Orte der Versammlung sind Kneipen natürlich auch politische Institutionen. In der Form sind sie äußerst demokratisch – in das Stammtischparlament muß man nicht gewählt werden – im Inhalt sind sie oft dumm oder reaktionär. Kein Wunder: Nach einigen Bieren oder Schnäpsen wird jeder Trinker zum Minister – warum soll er dann klüger sein als seine beamteten Kollegen?
Im Wörterbuch der sinnverwandten Wörter nehmen die deutschen Bezeichnungen für die Kneipe zweieinhalb Spalten ein, obwohl da bei weitem nicht alle verzeichnet sind. Sollte man die Namen international sammeln, würde es ein dickes Buch ergeben. Tausende von Bezeichnungen stünden da nebeneinander, von der weinseligen italienischen »trattoria« bis zu der polnischen »bar« – so nennen sich da die Eckkneipen –, in der man schon um acht Uhr morgens hundert Gramm Wodka mit einem Stück Blutwurst zu sich nimmt, es heißt dann »polnischer Champagner mit Kaviar«. Nach der Atmosphäre in den Kneipen kann man die Lage der Nation beurteilen. Diese Atmosphäre ist heute in Deutschland sicher ganz anders als sie in Nazideutschland war. Es gibt auch gravierende Unterschiede zwischen der fröhlichen Stimmung in einem französischen »bistrot« und der düster ausgelassenen in einem russischen »kabak« der zaristischen Zeit. Übrigens, in der Sowjetunion gab es kaum Kneipen, die Macht war ihnen nicht wohlgesonnen, man trank vorwiegend zu Hause, an Buden oder in Toreingängen.
Ich weiß nicht, ob es im alten Ägypten Kneipen gab.

Immerhin haben die Pyramidenbauer einen Teil ihres Lohns in Bier ausbezahlt bekommen, wahrscheinlich wollte es nicht jeder von ihnen solo trinken. Wie die Tschechen sagen: Allein trinkt nur ein Ochse. Im alten China gab es Kneipen, und sie spielten die gleiche Rolle wie die heutigen bei uns. Dies bezeugt ein mindestens zweitausend Jahre alter Witz:

Einige Männer sitzen in der Kneipe und trinken – wohl Reiswein oder Bambusschnaps. Da ruft einer: »Unsere Frauen kommen!« Alle laufen in Panik weg, nur einer bleibt ruhig sitzen. Die Frauen ziehen aber an der Kneipe vorbei, sie war wohl gar nicht ihr Ziel. Die Trinker kommen zurück und loben überschwenglich ihren tapferen Kumpan. Der reagiert aber nicht – er ist an Herzschlag gestorben.

Kneipen sind – oder sie waren es zumindest eine lange Zeit – Volksausgaben jener exklusiven Clubs, in denen sich die Mitglieder der britischen Oberschicht nicht nur von dem niederen Volk, sondern vor allem von den Frauen abschotteten, um unter sich zu sein. Allerdings wahrten die europäischen Gaststätten ihre männliche Ausschließlichkeit nicht so streng wie diese oder wie die orientalischen Tee- und Kaffeehäuser, in denen die kleinen Paschas Schach, Würfel oder Schisch-Besch spielten und Gespräche über Allah und die Welt führten, während ihre Frauen arbeiten mußten. Frauen war ja da der Zutritt durch religiöse Vorschriften verboten. Weiber, die in mittelalterlichen Bier- und Weinstuben verkehrten, waren wegen und für die Männer da, ob als Bedienung, um deren Durst und Hunger zu stillen, oder als freigewerbliches Fleischangebot, um andere Gelüste zu stillen. Höchstens weibliche Angehörige des freien

Völkchens der Gaukler und Schauspieler waren aus anderen Gründen da – sie waren ja durch ihr fahrendes Gewerbe zusammen mit ihren Männern auf Gaststuben angewiesen. Noch in unserem Jahrhundert sehen wir in Filmen, mit welcher Angst Frauen, in Begleitung eines Freundes oder des Verlobten, ganz selten des Ehemannes, das feindliche Territorium eines Pubs betreten – wie ein Löwengehege bei der Safari.

Heute, da sich die gesellschaftlichen und ökonomischen Beziehungen zwischen den Geschlechtern verändert haben – allein die Tatsache, daß eine Frau ohne weiteres ihre Zeche selbst bezahlen kann, spielt eine nicht unbedeutende Rolle –, sind gemischte Kneipen keine Seltenheit. Schließlich gibt es heute auch gemischte Saunas.

Die Koedukations-Gaststätten spielen eine ganz andere Rolle als die klassischen Männerburgen. Sie sind – nicht unbedingt, aber auch – Kontaktstellen für freie, nichtinstitutionalisierte Sexbeziehungen. Man kann da leichter Frauen oder Männer aufreißen als in einer gemischten Sauna – sofern diese keine Gruppensexanstalt ist. Dies wurde dadurch ermöglicht, daß sich solche Kontakte im Zuge der sexuellen Befreiung von ihrer früher rein kommerziellen Basis lösten.

Ist die gemischte Kneipe ein Erfolg der Frauenemanzipation? Sicher. Aber auch der bedingten Emanzipation der Männer, die es zur vollen Emanzipation noch sehr weit und immer weiter haben.

Ich war logischerweise nie in einer reinen Frauenkneipe. So weiß ich nicht, ob dort die Stammtischreden andere Themen, andere emotionale Temperatur und anderes Geistesniveau als in den männlichen haben.

Lesbenkneipen werden wohl den gemischten ähneln. Die Lesbierinnen sind ja kein einheitliches Geschlecht. Die nicht speziell lesbisch orientierten Frauenkneipen erfüllen aber offenbar denselben Zweck, wie die männlichen: Die Frauen wollen unter sich sein, sich von den Männern und von den Problemen, die sie mit ihnen haben, losreißen und ein wenig erholen.
So eine Kneipe ist auch eine Fluchtburg, nur eben eine weibliche. Der Kreis schließt sich.

Moralpredigten sind eine gute Quelle für sexuelle Phantasien.

Die Dame beim Sport

Die moderne Dame darf sich für Sport interessieren, sie *muß* es sogar – selbstverständlich in gemäßigter und Sachkunde nicht allzusehr zur Schau stellender Form. Wir möchten jedoch der Dame empfehlen, sich diskret nach dem richtigen Ergebnis zu erkundigen, bevor sie in einem Gespräch ihre Freude über den Sieg äußert, den die deutsche Fußballmannschaft mit 124:86 in 9,8 Sekunden über die mongolische Wasserpolo-Skiläuferauswahl erzielt hatte. Das sportliche Engagement der modernen Dame beschränkt sich jedoch nicht nur auf Salongespräche, sie nimmt auch unmittelbar als Zuschauerin an den Veranstaltungen teil. Der Sitzplatz muß natürlich sehr sorgfältig ausgewählt werden, er muß eine gute Aussicht von allen Seiten bieten. Wäre die Dame nicht von allen Seiten gut sichtbar, dann wäre ihr Auftreten im Stadion sinnlos.

Genauso sorgfältig wählt die Dame die Wettkämpfe aus, die sie mit ihrem Besuch auszeichnen möchte. Den Langstreckenlauf zum Beispiel wird sie gewiß meiden, wegen der von Anstrengung unästhetisch entstellten Gesichter der Läufer und deren unfeinem Schweiß. Sie wird sich dabei auch auf das Bonmot von Elisabeth zu Bergisch-Guhrbach besinnen: »Die Überwindung von Entfernungen ist Sache meines Chauffeurs und meiner

Verehrer. Eine Dame nimmt so etwas nicht zur Kenntnis.«

Der Besuch eines Fußballspiels bleibt der jüngeren Dame vorbehalten, die ihren Verlobten begleiten möchte (*nie* den Ehemann!). Wir wollen jedoch nicht suggerieren, daß sich die Dame auf das traditionelle Tennis und auf Reiten beschränken soll. Auch gegen Fechten oder Bogen- und Pistolenschießen ist nichts einzuwenden. Bei Wettkämpfen der Frauen wird sich die Dame selbstverständlich kritischer Bemerkungen über das Make-up und die Haartracht der Sportlerinnen enthalten. Die Dame läßt sich überhaupt nicht von der leidenschaftlichen Atmosphäre des sportlichen Kampfes mitreißen. Sie applaudiert leise und würdevoll, schreit nicht und protestiert nicht. Sie behält ein verständnisvolles Lächeln, auch wenn der Speerwerfer den Schiedsrichter nicht trifft oder die Athletin, die sie favorisiert hat, beim Kugelstoßen nicht einmal fünfzig Meter erzielt.

Es erübrigt sich zu erwähnen, daß eine Dame auf keinen Fall einem Athleten auf der Aschenbahn nachlaufen wird. Auch dann nicht, wenn sie in ihm ihren vorjährigen Urlaubspartner erkennt, der damals verschwand, ohne die Visitenkarte zu hinterlassen.

Wir möchten an dieser Stelle unsere verehrten Leserinnen darauf aufmerksam machen, daß die heutige Zeit gar nicht so freisinnig ist, wie sie sich gibt. Solch freier Umgang mit den Athleten, wie ihn einst die römischen Damen mit den Gladiatoren pflegten, ist heute unmöglich. Übrigens, heute wird kein Gladiator eine Einladung für die Nacht vor dem Kampf annehmen – den römischen ging es ja nur um ihr Leben, den heutigen

um das nationale und persönliche Prestige und um viel Geld; außerdem haben sie eine viel strengere Disziplin als die für die Arena bestimmten Sklaven.
Beim Besuch einer Sportveranstaltung gibt es keine verbindliche Kleiderordnung, die Dame kann sich ganz nach ihrem Geschmack richten. Wir würden jedoch auch bei abendlichen Programmen von großer Abendtoilette abraten.
Um Konflikte zu vermeiden, sollte sich die Dame vor allzu großen Hüten hüten.
Wir beenden unser kleines Kompendium mit dem stolzen Aphorismus von Elisabeth zu Bergisch-Guhrbach: »Eine Dame bleibt immer und überall eine Dame.«

Trotz der Mathematik: Geteilte Liebe hat einen höheren Wert als die ungeteilte.

»Die nationalste aller Sportarten . . .«

Unsere Reporterin Ossannah Minetoni sprach mit dem Familien- und Sportminister von Tarchija, Prinz Abu-Ibrahim ibn-Jusuf-al-Kussi.

Frage: Hoheit, das Olympische Komitee lehnte es ab, die Vorführung ihres nationalen Sportes Keuschkusch im Rahmen der Spiele zuzulassen, zuerst mit der Begründung, das Programm sei abgeschlossen. Als Sie sich jedoch bereit erklärten, Keuschkusch als freie Schau auf irgendwelchem großen Platz der Olympiastadt oder auch im Rahmen des folkloristischen Festivals aufzuführen, wurde Ihnen geantwortet, daß Keuschkusch nicht ganz den olympischen Grundsätzen entspreche. Werden Sie es bei den nächsten Olympischen Spielen wieder versuchen?

Antwort: Ja, das werden wir. Die Ablehnung unseres Angebotes bewies noch einmal die Überheblichkeit der europäischen Mitglieder des Olympischen Komitees und ihr geringes Verständnis für nationale Traditionen anderer Völker. Keuschkusch ist der nationalste Sport, den man sich vorstellen kann. Er wird in unserem Emirat schon seit dreihundert Jahren ausgeübt. Alle verheirateten Männer und etwa 33 Prozent der verheirateten Frauen beteiligen sich hieran aktiv.

Ich bin davon überzeugt, daß dieser Volkssport sich bei

den Olympischen Spielen durchsetzen wird – und zwar nicht nur als Schau –, wenn sich die Sittlichkeit und Gottesfurcht, die in unserem Lande unter der gesegneten Hand meines edlen Bruders, des Emirs, herrscht, in der ganzen verdorbenen Welt verbreitet.

Frage: Wie entstand Keuschkusch, und welche Regeln hat er?

Antwort: Privat war er Sitte von jeher. Zum Sport ist Keuschkusch, wie gesagt, vor drei Jahrhunderten geworden.

Seine Wurzeln liegen in der tiefen Frömmigkeit unserer Männer. Jeder Bürger von Tarchija folgt dem Worte des Weisen: »Prügle deine Frau jeden Tag, sie wird schon wissen, warum.«

Über Jahrhunderte hinweg züchtigten die Männer ihre Frauen in der Verborgenheit der Harems, jeder nach seiner Kraft und seinem Eifer. Genau vor dreihundert Jahren eurer Rechnung, im Jahre 1121 der Hedschra, sagte der große Scheich ul-Islam Hadsch Abdul-Rachman ibn-Daud: »Die fromme Tat freut den Herrn mehr, wenn sie auch die Augen der Gläubigen erfreut und ihre Gottesfurcht stützt.« Und er befahl den Männern, sie sollten sich jeden Tag mit ihren Frauen auf dem Stadtplatz versammeln und sie dort gemeinsam bändigen.

Es hat sich schnell gezeigt, daß diese Anordnung richtig war. Der gemeinsam ausgeführte Keuschkusch stärkte nicht nur den Eifer der Männer, sondern auch ihre rechten Arme, die Schwertträger. Und er schaffte auch den Jähzorn der Männer ab. Seit dreihundert Jahren gab es bei uns kein Blutvergießen und keine bemerkenswerte Schlägerei mehr unter verheirateten Männern.

Der Wettstreit liegt in der Natur des Mannes. Die Ehrgeizigen fingen an zu wetten, wer seine Frau länger und kräftiger prügeln kann. Mit der Zeit wurden einfache, aber feste Regeln ausgearbeitet: Zum Wettprügeln darf jeder Mann nur eine Frau bringen, die er nach den Gesetzen des Islams geehelicht hat, und die nie geschieden war. Die Peitschen sind einheitlich. Der Keuschkusch fängt gleich nach dem ersten Salaat – dem ersten Tagesgebet – an und darf nur bis zum ersten Aufruf des Muaddinhs zum fünften und letzten Tagesgebet dauern. Welches der Paare, das es so lange ausgehalten hat, siegt, entscheiden die Punktrichter.

Frage: Wie wirkt sich dieser Sport auf das Familienleben in Tarchija aus?

Antwort: Sehr positiv. Da der Sieg im Keuschkusch genauso von der Ausdauer der Frau wie von der Kraft und Geschicklichkeit des Mannes abhängt, vereint das gemeinsame Ziel die Ehepartner. Die Frauen streben noch ehrgeiziger nach dem Titel als die Männer.

Und noch etwas: Es hat sich rasch gezeigt, daß die besten Wettkämpfer Männer zwischen dreißig und vierzig und ältere Frauen sind. Das hat die Lage auf dem Brautmarkt vollkommen verändert: Kein Mann verstößt mehr seine alternde Frau, für alte Witwen, die seinerzeit nicht einmal ein hinkendes Schaf wert waren, zahlt man heute ganze Kamelherden. Nirgendwo in der Welt werden alte Frauen so geschätzt wie bei uns. Jeder Mann will als erste Frau eine alte Keuschkusch-Kämpferin haben und erst die weiteren – je nach dem Vermögen des Mannes sind es eine bis drei – für das Vergnügen des Herzens.

Am Anfang – vor etwa dreihundert Jahren – versuchten

die jüngeren Frauen zu meutern oder zu mogeln. Sie verhielten sich absichtlich unkeusch, um Prügel zu verdienen. Die Ehemänner verstießen sie aber einfach – damit brachten sich diese Frauen um die Möglichkeit, je beim Keuschkusch aufzutreten.

Das Keuschkusch-Verbot für geschiedene Frauen verhindert auch, daß die reichen Männer den armen gute Prügelfrauen abkaufen. Das schützt den Zusammenhalt der Familie.

Auch die Männer versuchten zu mogeln – sie brachten gemietete fremde Frauen oder gar ihre eigenen Mütter auf den Platz. Aber auch das nützte ihnen nichts: Sobald es sich nicht um die eigene Ehefrau handelte, waren die Schläge gefühl-, lust- und kraftlos. Und unsere Richter haben einen schärferen Blick als eure Boxrichter.

Die Vollkommenheit des Keuschkuschs liegt eben nicht nur in seiner erzieherischen Wirkung, sondern auch in der Tatsache, daß man bei ihm nicht betrügen kann. Schon deshalb verdient es unser Nationalsport, in der ganzen Welt bekannt zu werden.

Er hat eine solche Frau, daß er schon *kein Geld hat,*
wenn er noch *kein Geld hat.*

Romantik

Heute hat Gräfin Agnes ihren großen Tag. Beim Turnier wird ihr Mann, Graf Wolfram, mit ihrem Liebhaber, dem jungen Baron Edelbert, kämpfen. Es wird ein Kampf auf Leben und Tod sein, und alles ihretwegen, aus Liebe zu ihr. Ach, wie romantisch das ist! Und alle Freundinnen wissen, worum es geht, und beneiden die Gräfin.

Als Graf Wolfram überraschend aus einem Feldzug zurückkehrte und ihre Liebschaft mit dem Baron entdeckte, wollte er ihn zum Duell auffordern; der König hat jedoch Duelle verboten und konfisziert die Güter von Duellanten. Um das nicht zu riskieren, verlegten die beiden Ritter ihren Kampf auf das Turnier.

Gräfin Agnes liebt beide, den tapferen, charaktervollen Wolfram und den temperamentvollen, leichtsinnigen Edelbert. Sie ist aufgeregt und im voraus traurig, daß einer von ihnen heute sterben muß. Aber es ist so romantisch!

Sollte der Graf fallen, kann sie dann das wunderschöne schwarze Kleid aus indischer Seide anziehen, das schon fertig in der Truhe liegt. Und sie wird als selbständige Herrin keine Schwierigkeiten haben, den Seidenhändler zu bezahlen und auch den Juwelier, der schon ungeduldig wird. Im Trauerjahr wird sie natürlich Edelbert nicht empfangen können, sie wird sich mit den unerfahrenen, aber ach so süßen Zärtlichkeiten ihres Pagen begnügen müssen. Nach einem Jahr wird sicher der alte Graf von Hochdorf um ihre Hand anhalten, er hat es schon seit langem auf die Jagd des Grafen Wolfram abgesehen, und seine dritte Frau ist vor kurzem gestorben. Sie wird ihn heiraten, denn der Graf ist reich und nicht eifersüchtig.

Sollte Wolfram siegen, wird er von dem König wahrscheinlich die zwei Dörfer des geköpften Freiherrn von Münzburg bekommen, er hat sich im Krieg verdient gemacht. Sie wird ihm schon bei der Versöhnung das Geld für die Kaufleute abbetteln.

Gräfin Agnes ist angenehm erregt, es ist ja alles so romantisch!

Ein Mann, den keine Frau zu heiraten beabsichtigt,
ist ein bereits verheirateter Mann.

Der Kampf um die Festung Küche

Die Liebe geht durch den Magen«, sagt die alte Weisheit. Sie geht also – zumindest seit jener Zeit, als man zum erstenmal das Kochfeuer in das Innere der Höhle verlegte – durch die Küche. Und nicht nur die Liebe.

Seit die Menschen ihre Wohnhöhlen zweckmäßig aufgeteilt haben, ist die Küche, neben dem Schlafzimmer, der wichtigste Lebensraum der Familie. In diesen beiden Räumen wird der familiäre Machtkampf entschieden. Welcher von ihnen wichtiger ist, hängt überwiegend davon ab, wie lange die Ehe dauert – jedenfalls behauptet die Küche den ersten Rang länger.

Wer alt genug ist, erinnert sich noch an die Küchen unserer Großmütter. Wie bekannt, waren diese armen Frauen unterdrückt und in den Bereich der »drei K« – Küche, Kinder, Kirche – verbannt. Notgedrungen schmiedeten die wehrlosen Frauen aus diesen »drei K« ihre Waffen. Die Kirche gab ihnen politische und moralische Rückendeckung. Die Kinder waren ihre Janitscharen – Geiseln und Stoßtrupps zugleich. Die Küche war ihre Festung. Hier waren sie absolute Herrscherinnen über heranwachsende Töchter, über dienstbare Seelen, über ein Mädchen für alles oder mindestens über den Herd, die Vorräte und die Töpfe.

Von hier aus belohnten sie die Familie mit Leckerbissen oder bestraften den Mann, der sich als Herr im Hause wähnte, mit Ungenießbarem; unterstützten die Familienvermögensbildung durch Sparmaßnahmen oder verhinderten sie durch Verschwendung; stimmten durch die Wahl der Speisen die Familie trübsinnig und brav oder heiter und leichtsinnig. Das nominelle Familienoberhaupt hatte keinen Zutritt in die Küche: Die schweren Küchengeschütze zielten wachsam auf die Tür. Die Töpfe sahen wie großkalibrige Mörser aus, die blankgeputzten Mörser wie eine strahlenwerfende Geheimwaffe, mit den eisernen Pfannen konnte man eventuellen Angreifern scharenweise die Schädel spalten, und die tiefen Kessel waren immer bereit, Pech zu erhitzen.

Die Küche war der magische Bereich der Hüterin des Feuers und mußte für die Männer geheimnisvoll bleiben. Selbst die Dienstboten, die hier aßen, betraten die Schwelle dieses Tempels des weiblichen Kults schüchtern und unsicher. Nicht einmal Söhne, erst Enkelsöhne der Herrin durften ab und zu in die Küche und bekamen hier sogar etwas zum Naschen.

Die Mädchen der Familie dagegen bekamen hier ihre erste Kriegsausbildung – hier lernten sie den treffsicheren Kuchen, der selbst bei kleiner Mitgift einen Ehekandidaten erlegen konnte, und jenen Braten, der den aggressivsten Ehemann versöhnlich stimmte.

Was ist aus der Festung Küche heute geworden? Ein Teil der Frauen hat sie aufgegeben, um sich zu emanzipieren. Sie haben den Machtkampf ins Schlafzimmer und auf die Rednertribüne verlegt. Weil es ihnen um die nominelle und nicht um die tatsächliche Macht geht.

Und weil der Positionskrieg nicht mehr modern ist – man führt den Krieg heute vorwiegend operativ.
Ein Teil der Männer hat die Festung Küche erobert, um sich zu emanzipieren. Zuerst wurden sie hierher als Kriegsgefangene gebracht, zum Tellerwaschen und Abtrocknen. Um sich zu befreien, haben sie die Küchenarbeit mechanisiert und chemisiert – womit sie es auch allen Frauen, die in der Küche bleiben wollen oder müssen, leichter gemacht haben. Jetzt stehen sie schon dort auch als Köche.
Für den Mann bedeutet die Eroberung der Küche ein Stück Unabhängigkeit – ob er hier allein herrscht oder als gleichberechtigter beziehungsweise nur geduldeter Mitkoch agiert. Das Tabu, das Geheimnis des magischen Kreises wurde durchbrochen.
Die Küchenrevolution fand zuerst nur in der vordersten Linie statt. Auf der breiten Front, im zweiten und dritten Glied sitzen noch überall hinter den Küchenschanzen Frauen, obwohl viele lustlos, zwangsmobilisiert. Was wiederum nicht bedeutet, daß sie ihre überlegene Position nicht auszunützen wüßten. Ich kenne einen Mann aus dem Süden, der sich nach Braten mit viel Knoblauch und scharfem Gulasch sehnt, und der von seiner norddeutschen Frau mit Labskaus und Gemüseeintopf diszipliniert wird. Und die einzige Rebellion, die er sich erlaubt, besteht darin, daß er Geschäftsfreunde in ein griechisches Restaurant einlädt. Aber der Durchbruch ist da, die Festung Küche erweckt heute so wenig Furcht wie die Maginot-Linie.
Es ist ein Stück Revolution. Zusammenarbeit und Gleichberechtigung in der Küche sind heute wichtiger als im Parlament. Einmal entscheidet man in der Küche

über wichtigere Dinge als im Parlament, zum anderen kann sich ein viel größerer Prozentsatz der Bevölkerung hier aktiv beteiligen – auf der Basis der direkten Demokratie.

Beziehungen zerfallen, weil sich die Hoffnung der Frau, ihren Partner zu verändern, genauso wenig erfüllt wie die des Mannes, daß seine Partnerin unverändert bleibt.

Studienfach Hausfrau

Diejenigen, die den Beruf der Hausfrau für eine simple Beschäftigung halten, haben wohl diesen Beruf nie selbst ausgeübt. Egal, ob es männliche Traditionalisten sind, die »simpel« mit »leicht« gleichsetzen und deshalb diese Tätigkeit den Frauen vorbehalten, die sie als intellektuell minderwertig ansehen, oder Frauenrechtlerinnen, die unter »simpel« »schwer« verstehen und diesen Beruf als zermürbend, erniedrigend und unwürdig bezeichnen.

Die militanten Emanzipations-Walküren möchten das – ihrer Meinung nach – schmarotzende Drohnen-Unwesen Mann in die Hölle der Küche verbannen, womit sie sich nur im Geschlecht von den männlichen Geschlechtsrassisten unterscheiden. Man müßte die radikalen Behauptungen dieser beiden Gruppen mit Nachsicht hinnehmen, falls die Tatsache, daß sie von Dingen sprechen, die sie aus eigener Erfahrung nicht kennen, ein Grund für Nachsicht wäre, wovon ich nicht überzeugt bin. Als Hausmann mit einigen Erfahrungen habe ich über die Haushaltsführung eine andere Meinung.

Die Haushaltung ist heute keine simple Arbeit. Sie war es wahrscheinlich nie, da der Haushalt schon immer auf dem Niveau der zeitgenössischen Technik und Ökonomie stehen und mit ihren Errungenschaften fertig werden mußte. Aber die Entwicklung der technischen Zivilisation macht den Hausfrauen und -männern schwer zu schaffen. In jedem anderen Betrieb führte diese Entwicklung zur weitgehenden Spezialisierung und Arbeitsteilung, nur im Haushalt nicht. Man verlangt von keinem Fabrikdirektor, daß er zugleich die Finanzplanung und den Einkauf, die Produktion und die Wartung der Maschinen, die Raumpflege und Raumausstattung selbst besorgt, den Nachwuchs ausbildet und erzieht, die Freizeitbeschäftigung der Betriebsangehörigen dirigiert und koordiniert und so weiter. Vielmehr hat er für jeden Bereich Spezialisten zur Hand.

Im Haushalt wird die Arbeit im harmonischsten Fall auf zwei Menschen verteilt – die Kinder, die mitunter auch ihren Teil übernehmen, werden nicht gleich groß geboren. Und keiner von den Beteiligten ist ein Spezialist. Meistens ist es jedoch ein Ein-Frau-Betrieb, vielleicht nur mit dem des Schriftstellers oder der seltenen selbständigen Handwerker vergleichbar, dazu aber oft noch mit einem Erwerbsberuf gekoppelt.

Der Beruf der Hausfrau oder des Hausmannes ist also gar nicht simpel, er ist einer der anspruchsvollsten überhaupt. Und trotzdem gibt es bislang keine Hochschule, die entsprechende Ausbildung liefern könnte. So eine Schule müßte allerdings ausgesprochen universal sein.

Sie müßte mindestens folgende Lehrstühle haben: *Für Mechanik, Maschinenbau und Elektrizität*, damit man nicht jedesmal verzweifelt, wenn die Heizung freitags gegen Mitternacht aussetzt, wenn die Waschmaschine anfängt zu summen und aufhört zu waschen, wenn die Geschirrspülmaschine sich nicht einschalten will,

wenn die Tiefkühltruhe und der elektrische Ofen plötzlich die Rollen tauschen, wenn der Staubsauger nur noch die Ohren bedroht, aber nicht den Staub.
Für *Diplomatie*, um einen Mechaniker rasch heranholen zu können, wenn unsere eigenen Kenntnisse doch nicht ausreichen.
Für *höhere Mathematik*, um die dann fälligen Rechnungen nachprüfen zu können, und für *Rechtswissenschaften*, damit man sich gegen die Firmen, die die Rechnungen schicken, auch wehren kann – obwohl dies meistens aussichtslos ist.
Für *Chemie, Physik* und *Warenkunde*, damit man die wirklichen Qualitäten von Waren erkennt und sein Geld nicht für Verpackungen und Firmennamen rausschmeißt.
Ein *Pfadfinder-Seminar* mit *Gedächtnistraining*, damit man in Warenhäusern die Waren findet, die billiger sind als anderswo, und nicht jene kauft, die hier teurer sind als woanders. Wer jedoch diese Regel konsequent einhalten will, muß sich auch sportlich trainieren lassen, um viel herumlaufen zu können.
Einen Lehrstuhl für *Psychologie* und *Neurologie*, damit man der Werbung und den Vertretern gegenüber die Nerven zu behalten lernt.
Einen Lehrstuhl für *Finanzwesen*, damit man lernt, bei alldem mit dem Haushaltsgeld auszukommen. (Leute, deren Finanzmittel nicht beschränkt sind, die sich zum Beispiel für den Haushalt auch einen Wartungsmechaniker leisten können, sind keine Hausfrauen oder -männer, sondern Hausherrinnen und -herren und sind nicht in unsere Betrachtung einbezogen.)
Einen Lehrstuhl für *Ernährungswissenschaft*, damit

man sich nicht von den Diätrezepten in den Illustrierten verrückt machen läßt.
Nebst psychologischen müßte man in der Haushalt-Universität auch minimale *Medizinkenntnisse* erwerben, um unterscheiden zu können, ob das Kind am Montagmorgen tatsächlich Bauchschmerzen hat oder nur eine unangenehme Klassenarbeit erwartet.
Ich bin jedoch dagegen, daß man an dieser Universität auch in pädagogischen Disziplinen unterrichtet. Die Bildungsaufgaben übernimmt die Schule, und die Kunst der Erziehung kann man durch theoretische Schulung nicht erlernen. Die Hausfrauen und -männer haben so viele Aufgaben, daß sie ihr Studium auf die Fächer konzentrieren sollten, in denen sie tatsächlich was Brauchbares lernen können.

Die Deutschen spielen heute in der Welt die Rolle des Ehemannes: Sie werden nicht geliebt, aber als Geldgeber geduldet.

Grippensex

Grippe ist eine akute fieberhafte Krankheit, deren Epidemien meist im Frühjahr auftreten. Wenn keine Komplikationen auftreten, ist sie nicht gefährlich, es gibt jedoch kein Mittel, mit dem man sie unterbrechen kann. Sie geht von allein vorbei. Wenn man noch bedenkt, daß das Wort »Grippe« von dem Begriff »greifen« stammt, also etwa »Die Ergreifende« bedeutet, ist die Ähnlichkeit mit der Liebe geradezu auffallend.

Wollte man das sexuelle Leben auf primäre sexuelle Handlungen reduzieren, ist die Rolle der Grippe in der Liebe eher negativ. Um so größer ist ihre positive Wirkung im Bereich der sekundären sexuellen Beziehungen. Grippe fördert die Moral, festigt das Familienleben und unterstützt die Idee der Ehe. Allein die Gefahr einer Grippeerkrankung wirkt schon moralisch: Sie mindert die Lust an Gruppensex, am Abenteuer in Nachtlokalen. Die Krankheit selbst dezimiert Sexpartys und zwingt Lüstlinge in Solobetten.

Mit Grippe bleibt man zu Hause und genießt die Wärme des trauten Heimes in jedem Sinne des Wortes. Besonders den Männern verschafft eine Grippe die glücklichsten Ehetage: Man kann sich pflegen und bedienen lassen, man kann ungestört die Zeitung lesen und fernsehen, ohne Vorwürfe zu hören, daß die Speisekammer

noch immer nicht gestrichen ist, die Lampe im Wohnzimmer nicht repariert, der Mülleimer voll und daß man lieber die Tante besuchen sollte, als so herumzuliegen. Man kann selber meckern und nörgeln, anstatt – wie üblich – das Objekt von Meckern und Nörgeln zu sein. Einem grippekranken Mann zeigt sich die Ehe von der besten Seite.
Wenn eine Ehefrau erkrankt, und der Mann Kinder in die Schule expedieren, Einkäufe machen und Grießbrei kochen muß, wird sein Verständnis für die Vorteile einer gesunden Ehe gestärkt. Der Einfluß der Grippe auf die zwischengeschlechtlichen Beziehungen muß also positiv gewertet werden, wenn man natürlich diese Beziehungen nicht auf den nackten Grippensex (Pfui!) reduzieren will.

Softi: unverheirateter Pantoffelheld.

Beste Freundin, bester Freund

Fast jede Frau hat eine beste Freundin, fast jeder Mann einen besten Freund. Womit ich nicht »die besten von denen, die zu haben waren«, sondern wirklich die Besten meine. Menschen, denen man alles erzählen kann. Vielleicht ist diese Definition nicht vollständig, sie erfaßt aber das Wichtigste. Wenn man niemanden hat, dem man *alles* erzählen kann, muß man so viel in sich hineinfressen, daß man gar nicht so viel seelisch kotzen kann.

Man braucht auch Ratschläge von Menschen, von denen man glaubt, daß sie es absolut ehrlich meinen, auch wenn man den Empfehlungen nicht immer folgt. Nur wenn sich eine Frau von einer anderen in Sachen Kleidung, Frisur oder Make-up beraten läßt, ist Mißtrauen angebracht, auch, oder besonders, bei der besten Freundin. Sobald es um die Konkurrenz im Aussehen geht, hört jede weibliche Freundschaft auf.

Jene sechs Männer, die bereit sind, der Ehefrau zu bestätigen, daß sie an ein und demselben Abend in sechs verschiedenen Stadtteilen mit ihrem Mann Schach gespielt hätten, sind gute Freunde, müssen aber noch nicht die besten sein. Dieser Freundschaftsdienst ist eine elementare Regel der Solidarität der Männer in ihrem Abwehrkampf gegen die Frauenherrschaft. Mit dem besten Freund brütet man Strategie und Taktik aus, um eine Frau zu gewinnen oder eine loszuwerden. Ähnlich geht es bei den Frauen in umgekehrter Richtung, nur kommen noch Kampfmaßnahmen gegen andere Frauen dazu. In Männerkonflikten holt man sich den Rat und den Beistand des besten Freundes meistens nur, wenn es um Positionskämpfe mit dem Chef und den Kollegen geht.

Die beste Freundin einer Frau kann ein Mann sein, der beste Freund eines Mannes eine Frau. Die sind die besten und zuverlässigsten Besten. Häufiger als man glauben würde, sind es der geschiedene Ehemann oder die ehemalige Geliebte. Paradoxerweise können das fast nie die aktuellen Partner sein, obwohl man doch geheiratet oder sich zusammengetan hat, um einen wasserdichten Freundschaftsbund zu schließen. Trotzdem gibt es immer Dinge, die man dem Partner oder der Partnerin bei aller Liebe und Vertrautheit nicht erzählen kann. Man kann eventuell bei dem Geliebten Klagen über die Bosheiten und schlechten Eigenschaften des Ehemannes abladen, obwohl er lieber über etwas anderes sprechen würde, umgekehrt – sich bei dem Ehemann über den Geliebten zu beklagen – geht nicht. Es ist auch unmöglich oder zumindest sehr unvorsichtig, das Geheimnis jenes sechsfachen Schachabends vor der Ehefrau zu lüften.

Der beste Freund, der diesen Namen verdient, wird nie versuchen, einem eine Freundin auszuspannen. Auf kleine Techtelmechtel mit der Ehefrau des Freundes wird er sich vielleicht einlassen, was – sofern es diskret und dezent geschieht – nicht weiter schlimm ist und der Freundschaft keinen Abbruch tut. Manchmal empfindet das der Ehemann sogar als freundschaftliche Hilfe. Die Ehefrau ganz wegzunehmen wird der beste Freund schon deshalb nicht versuchen, weil er sie aus den Erzählungen des Gatten nicht von der besten Seite kennt.

Skandalöse Fälle, in denen ein bester Freund einer Frau verrät, wie und wann er die kleinen Abenteuer ihres Mannes gedeckt, wann er ihm dazu seine Junggesellenwohnung geliehen hatte, passieren zwar auch, bedeuten jedoch natürlich das Ende jeder Freundschaft. Ihre Gründe sind entweder Rache oder starkes sexuelles Interesse an der Frau, die sonst zum Mitmachen nicht geneigt wäre, meistens beides.

Wenn dagegen eine Frau einer anderen den Mann abspenstig gemacht hat, war es in der Regel die beste Freundin. Eine Bekannte von mir nahm einst ihre beste Freundin in ihre Wohnung auf, weil diese in der Großstadt keine Bleibe fand. Nach einiger Zeit mußte sie selbst aus der Wohnung ausziehen, ihr Ehemann blieb mit der anderen da.

Frauen schaden aber ihren besten Freundinnen auch uneigennützig. Als ich fünfundzwanzig war, verliebte ich mich unsterblich in eine schöne und temperamentvolle Gleichaltrige. Ihre beste Freundin verkuppelte ich mit einem meiner guten Freunde. Ohne daß ich sie darum gebeten hätte, trug sie mir dann immer brühwarm zu, was meine Angebetete so alles angestellt hatte. Dabei wollte sie nichts von mir, sie war mit meinem Freund sehr zufrieden. Vielleicht tat sie es nur, weil sie nicht so schön wie ihre langjährige Freundin war und nicht so viel Erfolg bei Männern hatte. Die meine hat übrigens wirklich sehr viel angestellt, die leidenschaftliche Romanze nahm nach einem Monat ein sehr bitteres Ende.

Jeder Mensch braucht jemanden, dem er *alles* erzählen kann. Die günstigste Lösung ist, wie gesagt, wenn die beste Freundin einer Frau ein Mann, der beste Freund eines Mannes eine Frau ist. In ganz seltenen Fällen können es die eigenen Partner sein, wenn die Partnerschaft sehr fest und sehr frei ist.

Die Mehrheit der Menschen muß doch homosexuell sein – sonst könnte es nicht unter ihren gewählten Repräsentanten so viele Arschlöcher geben.

Reime

Die Frau und Dr. Brigitte
baut um sich eine Hütte.
Sie hält darin die Frau versteckt
aus Angst, daß jemand sie entdeckt.

Und hofft zugleich:
Der rechte Mann
sie rechtzeitig noch finden kann.

*

Die sehr gescheite Beatrix,
die macht sich aus den Männern nix.
Bewundern tun sie Frau und Mann –
damit ist aber nix getan.

Auspacken ist gefährlich

Wenn man von einer Reise zu seiner lieben Frau oder Freundin zurückkommt, soll man sie nicht die Koffer auspacken lassen. Es ist nicht gentlemanlike, und es ist unvorsichtig.

Die Dame hat wohl die Koffer gepackt – versuchte man einer Frau das Packen zu verweigern, kommt man sofort in Verdacht; man verletzt auch ihr tiefstes Gefühl – das Gefühl, daß sie besser als wir weiß, was wir brauchen. Unser Gepäck auspacken darf sie aber nicht – man weiß ja nie, was sie da finden kann.

Das zugepackte Baby aus den alten Witzen wird es wohl nicht sein – die modernen Verkehrssicherheitsvorkehrungen – die Flughafenkontrolle und die Antibabypille – schließen dieses Risiko praktisch aus. Sonst ist aber nichts ausgeschlossen.

Es kann ein Fläschchen Parfüm sein, das nicht für sie bestimmt war. (Diese Sorte kann sie nicht ausstehen, besonders wenn es ihre Marke ist.) Es muß auch nicht eine ganze Flasche, es kann nur Duft von Parfüm sein. Oder eine vergessene Barrechnung, die man sich ehrlich für das Finanzamt erschwindelt hat. Oder zwei winzige Karten für das Schwimmbad in der Tasche. Je winziger der Fund, um so schlimmer. Zum Beispiel ein Haar…

Männer, die erzählen: »Meine Frau hätte es um ein Haar entdeckt, sie hat es aber zum Glück übersehen«, sind einfach naiv. Sie hat es übersehen, weil sie es übersehen wollte. Eine Frau kann übersehen, daß ihr Mann ein geschätzter Fachmann oder ein bedeutender Philosoph ist, nicht aber ein fremdes Haar auf seinem Pyjama! Damen, die solche Funde kalt lassen, bieten sich erst gar nicht an, einem die Koffer auszupacken. Die glückliche Finderin wird in allen weiteren Jahren ihrer harmonischen Ehe dem unvorsichtigen Pechvogel bei jeder Gelegenheit jenes Haar auf dem Teller servieren. Jeder Versuch, sie zu überzeugen, daß das Haar wohl von dem Zimmermädchen stammt und die zweite Schwimmbadkarte für den Vetter Hans gekauft wurde, ist sinnlos. Besonders, wenn dies die Wahrheit ist.

Das Auspacken seines Koffers muß ein kluger Mann seiner Frau oder Freundin abnehmen. Er darf ihr aber nie abnehmen, daß er über seine Liebesabenteuer auspacken soll. Auch nicht über solche, die nicht zustande gekommen sind, selbst über die nicht, die er ablehnte.

Was immer man über Erfolge oder Niederlagen erzählt – die Dame wird es zwar nicht glauben, aber trotzdem nicht vergessen. Man kennt ja die Formel aus den Krimis: Alles, was Sie sagen, kann gegen Sie verwendet werden.

Ihr Schweigen natürlich auch. Das Schweigen bietet aber weniger konkrete Angriffspunkte. Was die Dame vermutet, ist ihre Sache.

Schlimm ist nur, wenn sie ihren Mann für so einen Taugenichts hält, daß sie nichts Schlimmes vermutet. Die Frauen schätzen die männliche Treue sehr, treue Männer dagegen nicht besonders.

Der aussichtslose Kampf

Ist der Generationenkampf heute noch ein revolutionärer Kampf? Einst war er es, als die Väter noch die Macht in der Familie und somit auch in der Gesellschaft repräsentierten und die Mütter sie unterstützten. Heute sieht die Lage ganz anders aus.

In den ersten Jahren unseres Jahrhunderts sagte der Knabe Motele, Held eines Romans von Scholem Alejchem: »Mir geht's gut, ich bin ein Waisenkind.« Heute haben es viele Kinder gut, ja noch besser, denn sie haben – ohne Waisenkinder zu sein – nur mit einem Elternteil zu tun.

Und selbst die von ihnen, die mit beiden Eltern zusammen in einer sogenannten »intakten Familie« leben, stehen nur in den seltensten Fällen einer geschlossenen Elternfront gegenüber. Sehr oft werden sie im ehelichen Kampf der Geschlechter – ein Kampf, in dem es keine Sieger geben kann – als Verbündete von beiden Seiten umworben und korrumpiert. Die Kinder – sie haben unfehlbare egoistische Instinkte und bessere Nerven als die Alten – ziehen davon ihren Nutzen und behaupten ihre eigene Machtposition. Auch nach der Trennung bleibt der dem Erziehungsberechtigten entgegengesetzte Elternteil ein mächtiger Alliierter der Jungen, selbst wenn sie mit ihm keinen Kontakt haben.

Ich wollte im vorigen Satz »der jungen Rebellen« schreiben, dies wäre jedoch falsch: Rebellieren kann man nur gegen eine *herrschende* Macht, und die gibt es in diesem Fall nicht; es handelt sich also nicht um junge Rebellen, sondern um junge Machtkämpfer. In einer Gesellschaft, in der man nicht mehr um die Nahrung und ums Überleben kämpfen muß, gibt es nur noch den Machtkampf. Das heißt: Es geht nur noch darum, wer wen herumkommandiert und wer wen ausbeutet; wer arbeiten muß und wer schmarotzen kann. In diesem Kampf haben heute die Eltern – oder doch die meisten von ihnen – die schwächere Position.

Am leichtesten haben es die Kinder, die mit einem Vater allein leben. Die Mädchen, weil sie von den Vätern verhätschelt und ohne Mühe mit ihnen fertig werden; selbst zweijährige Frauen schaffen es, einen Mann um den Finger zu wickeln. Verliebte Männer – und welcher Mann ist nicht in seine Tochter verliebt?! – unterwerfen sich der weiblichen Herrschaft ohne Widerstand.

Jungs müssen mit einem verzweifelten, wenn auch schwachen und aussichtslosen Widerstand seitens des Vaters rechnen – schon deshalb, weil ihre Machtkampfmethoden brutaler und direkter sind als die der Mädchen. Als mein Sohn klein war, meinte er, es sei besser, mit einem Vati allein zu sein als mit einer Mutti, weil die Vatis mehr Geld verdienen und den Kindern mehr geben können. Als Teenager schätzte er mein Einkommen nicht mehr so optimistisch ein. Für alles, was er an modischer Kleidung und moderner Technik kaufen wollte, reichte es ja bei weitem nicht aus. Dafür hatte er Freiheiten, die er in keiner anderen Art der Familie haben könnte. Mit seiner Mutter hätte er – er ist ja ein

Gentleman – unmöglich so reden können, wie er mit mir redete. Wenn ich manchmal versuchte, ihn schüchtern daran zu erinnern, daß ich doch sein Vater sei, meinte er, daß wir ja Freunde seien, und mit Freunden rede man offen und ohne Rücksicht.

Die Freundschaft wurde jedoch sofort vergessen, wenn es um die Erziehung ging. Er hat mich sehr streng erzogen, tadelte unerbittlich alle meine schlechten Manieren und Gewohnheiten.

Aus dem Fernsehen kannte er alle gelehrten psychologischen, pädagogischen und soziologischen Wörter, verstand also von der Erziehung genauso viel wie die renommierten Experten. Noch mehr: Er kann mit praktischen Ergebnissen aufwarten; denn er ist absolut davon überzeugt, daß er sich selbst, ganz allein, erzogen hat. Falls er doch bei sich irgendeinen Fehler oder eine kleine Unzulänglichkeit fand, sagte er mir ganz offen, daß es meine Schuld ist – ich hätte ihn rechtzeitig zu dem und dem zwingen oder von dem und dem abhalten sollen.

Ich bin kein machtgieriger Mensch und hätte gerne alle Gewalt meinem Sohn abgegeben, wenn ich welche gehabt hätte, schon um die Verantwortung loszuwerden. Selbst juristisch hatte ich jedoch keine elterliche Gewalt, nur die Sorgepflicht und die Erziehungsberechtigung. Die letztere nutzte mir in etwa so viel wie die Berechtigung, in der Lotterie zu gewinnen oder Staatspräsident zu werden.

Das ist es aber: Bei den heutigen Machtkämpfen, ob in der Familie oder in der Gesellschaft, will jeder die Macht und keiner die Verantwortung. Und den Eltern bleibt die Verantwortung – ohne Macht.

Was tut man mit Witwen?

Man kann wohl berühmte Männer und Frauen nicht daran hindern, zu heiraten, sich Freunde und Dienstpersonal anzuschaffen. Meistens heiratet man ja, mietet Personal und knüpft Bekanntschaften an, ehe man berühmt geworden ist.

Dann stirbt der Berühmte, und die Leute aus seiner nächsten Umgebung bleiben am Leben. Vor allem Witwen hinterläßt man heute mehr als je zuvor seit der Einführung der Monogamie, mehr als Diener oder Freunde: eine aktuelle, einige geschiedene und mehrere, die man gar nicht geheiratet hat.

Und alle schreiben Erinnerungen an den großen Verstorbenen.

Was Neues können die Hausangehörigen eines nicht mehr lebenden großen Mannes berichten, um das von seinem Werk und aus historischen Arbeiten bekannte Bild zu ergänzen? Viele sogenannte menschliche Details. Etwa solche:

Der Heerführer A. trank vor jeder Mahlzeit einen eiskalten Schnaps und sagte: »Das tut wohl!« Nach dem Mittagessen spazierte er genau achtundzwanzig Minuten im Garten. Nach jeder Schlacht, in der er einige tausend Soldaten verlor, hatte er die Gewohnheit, einen Brief an seine Familie zu schreiben, in dem er die

Enkelkinder ermahnte, gehorsam zu sein, brav zu lernen und zu beten.

Der Schriftsteller B. hat nie seinen Anzug ordentlich aufgehängt. Er aß jeden Tag zum Frühstück zwei Eier, dreieinhalb Minuten gekocht.

Der Maler C. saß immer lange auf der Toilette, las dort humoristische Zeitschriften und lachte dabei laut. Der Komponist E. hatte immer kalte Füße. Die Schauspielerin F. hatte nacheinander sieben Ehemänner, liebte jedoch nur ihren Pekinesen und haßte schwarze Katzen.

Bekannte und Freunde oder diejenigen, die sich für Freunde und Bekannte des Berühmten ausgeben, liefern vorwiegend boshafte oder total idiotische anekdotische Geschichtchen: Der geniale Mathematiker G. konnte sich nie ausrechnen, wieviel er dem Bäcker für die Brötchen bezahlen mußte.

Der Historiker H., der auf die Stunde genau alle Daten der Geschichte kannte, konnte sich nie an seinen eigenen Geburtstag erinnern, nur den Hochzeitstag hat er behalten, weil er auf den 851. Jahrestag der Schlacht bei Hastings fiel.

Der Philosoph I. erwischte einmal einen Dieb, der ihm im Restaurant seinen Mantel stehlen wollte. »Ich wußte nicht, daß er Ihnen gehört«, verteidigte sich der Dieb. »Sie wußten aber, daß er nicht Ihnen gehört«, antwortete schlagfertig der Philosoph.

Diese Geschichten standen schon allesamt in den altgriechischen Anekdotensammlungen, nur die Namen und zeitgenössischen Details wurden geändert.

Der spezifische Beitrag von Witwen zur Erinnerungs-Literatur besteht aus intimen Details, wahren und erfundenen.

Erinnerungen über große Männer werden gern gelesen, eben deshalb, weil man dabei nichts darüber erfährt, was sie von anderen Menschen unterscheidet, und viel darüber, was sie von anderen Menschen nicht unterscheidet.

Ich würde selber gern lesen, daß Swift starken Tee mochte, Mark Twain Unordnung auf dem Schreibtisch hatte und Tucholsky eine Vorliebe für scharfe Gerichte – um mindestens etwas Gemeinsames mit den älteren Kollegen-Satirikern zu finden.

Das ist jedoch kein ausreichender Grund, die wehrlosen Toten ihren Hinterbliebenen auf Gnade und Ungnade auszuliefern.

Vor allem gegen die Witwen müßte man etwas unternehmen, die den Namen, das Vermögen und die Urheberrechte erben und dennoch die Verblichenen nackt auf den Buchmarkt schleppen und verkaufen, so zugerichtet, wie es ihnen eben paßt. Dreißig Jahre nach dem Tode ihres Mannes rechnen sie mit ihm für Dinge ab, die dreißig Jahre vor dem Tode passierten.

Nebenbei lassen sie durchblicken, daß der Große alle seine Erfolge nur ihnen – den Witwen – zu verdanken hat.

Witwer von berühmten Frauen sind eine kleinere Gefahr, da Frauen im allgemeinen länger leben.

In den alten Kulturen des Orients – zuletzt bei den Indern – gab es den Brauch, zusammen mit einem bedeutenden Verstorbenen auch seine Witwe, seine Dienerschaft und Gefolgschaft zu verbrennen oder zu begraben. Dank dieser barbarischen, aber wirksamen Methode konnte man sicher sein, daß die Witwen, Lakaien, Sekretäre und Köche keine Erinnerungen an ihren Brot- und Liebegeber schreiben würden. In unseren humanen Zeiten ist diese radikale Methode allein den mächtigen Diktatoren vorbehalten, die allerdings erinnerungsfähige Zeugen aus ihrer Umgebung schon zu Lebzeiten beseitigen. Man muß andere Mittel gegen schreiblustige Witwen suchen.

Vielleicht sollte man mit ihnen nachträglich Scheidungsprozesse veranstalten (auch mit den geschiedenen und nicht geheirateten) und sie aufgrund postmortaler seelischer Grausamkeit zur Trennung vom Schreibtisch verurteilen.

Peitschen sich masochistische Onanisten selbst aus?

Bleibt Prostitution in der Ehe straffrei?

Das Gesetz gegen Vergewaltigung in der Ehe ist schon praktisch unter Dach und Fach. Das ist gut. Der Mensch muß vor jeder Gewalt geschützt werden. Inklusive der Staatsgewalt, die von einem Haufen gewählter und ungewählter Menschen ausgeübt wird, die nicht immer die Klügsten sind.

Die Staatsanwälte, die sich mit diesen Delikten beschäftigen werden, beneide ich nicht. Woher sollen sie wissen, wann sie sich einschalten sollen, wenn sie keine Überwachungskameras in den Wohnungen installieren und keine an den Schlüssellöchern lauernden Sittenwächter einsetzen?

Bei jeder Vergewaltigung – ausgenommen jene krassen Fälle, die vor Augen von Zeugen stattfanden – ist es schwer zu beweisen, ob es sich um erzwungenen oder freiwilligen Beischlaf handelte. Noch schwieriger ist es bei den ehelichen, da sexuelle Handlungen gewissermaßen zum legitimen Alltag einer Ehe gehören und sie sich meistens in abgeschlossenen Privaträumen abspielen. Dann steht Aussage gegen Aussage – ein weites Feld für partnerschaftliche Racheakte und Erpressungsversuche, die dann wiederum Staatsanwälte in Anspruch nehmen würden.

Man müßte die Kompetenzen der Strafgerichte erweitern. Bei jeder Verurteilung eines ehelichen Vergewaltigers werden sie ja gezwungen sein, automatisch die Scheidung auszusprechen. Man kann doch keiner Frau zumuten, mit einem Gewalttäter weiterzuleben. Auch der Mann, den seine Frau ins Gefängnis brachte, wird sich wohl nicht danach sehnen, hinterher mit ihr das Bett und den Tisch in Liebe und Eintracht zu teilen. Es wäre etwas kühn, sich die Szene seiner Rückkehr aus dem Knast ins traute Heim so vorzustellen: »Da bin ich wieder. Komm in meine Arme, Liebes!« Das entspräche nicht ganz der menschlichen Natur.

Auch die Sozialbehörden und -institutionen müßten in den Prozeß einbezogen werden. Falls der Verurteilte der einzige Ernährer der Familie war, wäre es an ihnen, den Unterhalt für die Frau und die Kinder zu sichern. Man will ja nicht sie bestrafen, sondern den Vergewaltiger.

Wüßte man nicht, daß die Justiz auch so viel mehr zu tun hat als sie schafft, könnte man glauben, das Gesetz sei eine großangelegte Arbeitsbeschaffungsmaßnahme. Nun, das ist ein Problem der Staatsdiener.

Das Gesetz gegen die Vergewaltigung in der Ehe – oder zumindest seine Entwürfe – haben noch erhebliche Lücken. Viel zu wenig wurde der Schutz der Ehemänner berücksichtigt, also die Gleichberechtigung. Männer werden in der Ehe nicht selten zum Sex gezwungen, auch wenn die Pistolen, die man ihnen auf die Brust setzt, nicht immer ein Colt oder eine Walther sind. Übrigens, eine Untersuchung der BBC ergab neulich, daß Ehemänner, zumindest in England, häufiger von ihren besseren Hälften verprügelt werden als umgekehrt.

Und vor allem – wo bleibt das Problem der Prostitution in der Ehe? Prostitution ist eine mildere, oder sagen wir, marktwirtschaftlichere Form der Vergewaltigung. Man gibt einem Menschen – Frau oder Mann – bares Geld, teure Geschenke, materielle Sicherheit, berufliche oder gesellschaftliche Position, kurzum etwas von dem, was das Finanzamt so schön »geldwerte Vorteile« nennt, damit er sich selbst zu Sexhandlungen zwingt, zu denen er oder sie sonst keine Lust gehabt hätte. Das einzige Kriterium der nichterzwungenen sexuellen Handlungen ist ja die beiderseitige Lust.

Ich will mich hier nicht der Engelsschen These anschließen, Ehe sei legitimierte Prostitution, obwohl sie auch heute, trotz der veränderten gesellschaftlichen und wirtschaftlichen Stellung der Frauen, nicht immer unwahr ist. Wäre aber diese Definition allgemein gültig – was unseren moralischen und juristischen Idealvorstellungen widerspricht –, dann wäre in der Ehe jede Vergewaltigung erlaubt, ob gewalttätige, wirtschaftliche oder psychische, denn jede Abweisung seitens des sich prostituierenden Partnerteils wäre ein Vertragsbruch. Von diesem Verständnis des Ehevertrags gehen wohl jene Leute aus, die Vergewaltigung in der Ehe nicht als Verbrechen ansehen: »Er/sie hat sich einen Menschen gekauft, beziehungsweise haben sie sich gegenseitig verpachtet und sind somit zu Diensten verpflichtet.«

Natürlich ist die kleine alltägliche Prostitution in der Ehe – ob man wegen eines Geschenks ins Bett ging oder aus Angst, sonst sein Lieblingsgericht nicht zu bekommen – noch schwerer nachzuweisen als die Vergewaltigung. Sie hinterläßt keine Kratzspuren.

Gewalt darf man nicht relativieren. Sie ist immer eine

menschenfeindliche Handlung, ob sie sich zwischen Fremden oder Eheleuten, verschiedenen Völkern oder Eltern und Kindern abspielt, ob sie brutal direkte oder raffiniert verschleierte Formen annimmt.
Man muß immer versuchen, Gewalt zu verhindern, auch in der Ehe. Nur, frage ich mich, wie kann das Gesetz sie verhindern? Entweder müßte es zur totalen Überwachung der Privaträume und des Privatlebens führen, oder es wird etwa soviel Wirkung haben wie die verbalen Proteste europäischer Staatsmänner gegen den Krieg in Tschetschenien.

Er schrieb keine Liebesbriefe – er hatte ein normales, erfülltes Sexleben.

Keine dritte Ehefrau

Die Wolken waren weiß und dicht wie Schlagsahne und so nah, als ob zwischen ihnen und Heinrich kein Fenster wäre. Irgendwo oben oder vorn lauerte ein feindliches Flugzeug. Dennoch steuerte sein Bruder Wolf den alten Doppeldecker ruhig und sicher.

Die Frau, zu der ihn sein Bruder brachte, konnte Heinrich kaum sehen, der Raum war halbdunkel. Sie war nicht groß, eher schmächtig, doch fühlte er, als er sie umarmte, daß sie stark war. Ihr Körper war angenehm warm, aber nicht hitzig. Es war eine ruhige Umarmung, als ob er seine kleine Tochter Sonja in den Armen hielt. »Gut, daß du gekommen bist«, sagte die Frau. Er wußte nicht, wie sie hieß, wahrscheinlich hatte Wolf vergessen, es ihm zu sagen. »Ich bin doch dein Mann, Liebling!« Heinrich lachte, es war ihm peinlich, daß er bei seiner eigenen Frau, die ihm sein Bruder – oder war es die Mutter? – ausgesucht hatte, sich zum unpersönlichen »Liebling« flüchten mußte, wie immer im Bett, wenn er sich momentan an den Namen seiner Partnerin nicht erinnern konnte.

Heinrich wachte auf. Der Wecker zeigte halb fünf, keine Zeit zum Aufstehen. Der blödsinnige Traum hatte ihn geweckt. Selbst im Schlaf war ihm seine plötzliche Ehefreundlichkeit komisch vorgekommen. Woher kamen nur solche Träume? Heinrich hatte nie einen Bruder, und seine ganze Erfahrung mit Flugzeugen beschränkte sich auf einige Reisen in großen Jets.

Heinrich hatte oft bildhafte Träume, manchmal waren es ganze Geschichten. Sie waren aber immer in irgendeiner Art mit seiner Arbeit verbunden, mit dem Drehbuch, an dem er gerade schrieb.

Damals, vor sechs Jahren, als Annette mit einem jungen Italiener wegzog, hatte er fast jede Nacht Verfolgungsträume gehabt: Entweder war er in einen Schußwechsel mit Mafiosi verwickelt, bei dem seine Pistole regelmäßig versagte, oder er stand plötzlich nackt auf der Straße. Die einzigen Menschen, die ihm in diesen Träumen beistanden, waren Sonja, damals vierjährig, und sein Vater, damals schon seit fünfzehn Jahren tot. Die Alpträume hörten jedoch auf, als er das Kind zurückgewonnen hatte.

Wahrscheinlich war es das Gespräch mit seiner Mutter gewesen, das diesen Traum ausgelöst hatte. Heinrich hatte sie in ihrem Häuschen in Ingelheim besucht, als er in Mainz beim Fernsehen war. Das Gespräch war nicht besonders aufregend gewesen, es verlief genauso wie immer. Mama hatte schweigend zugehört, als er von Sonjas neuesten Schulerfolgen erzählte – sie sei in Deutsch und Englisch die Beste in der fünften Klasse –, und wie gut und gerne sie das Abendbrot vorbereite und am Wochenende das Frühstück ... Und dann hatte sie, wie immer, gesagt: »Wenn du eine gute Frau finden könntest ... Das Kind braucht doch eine Mutter ...«

Heinrich hatte ohne besondere Begeisterung seine Argumente wiederholt, die beide schon auswendig kannten: Ihre Mutter könne er der Kleinen nicht zurückgeben; eine andere Frau sei nicht die Mutter. Sonja würde eine fremde Frau im Hause wahrscheinlich gar nicht akzeptieren.

»Du weißt doch, Mama, was vor vier Jahren war, als Ilse versuchte, für sie zu sorgen: Das Kind war eifersüchtig und trotzig und sagte schließlich zu Ilse: ›Du hast mir nichts zu befehlen, du bist nicht meine Mutter.‹ Das Kind ist gesund, fröhlich, ausgeglichen, hat viele Freundinnen, guten Kontakt zu den Nachbarn und zu den vielen Menschen, die mich besuchen, ob Frauen oder Männer. Selbst die Erzieherin im Tagesheim sagte neulich, man sehe, daß es dem Mädchen an Liebe nicht fehle, und die hat ja Erfahrung mit liebebedürftigen Kindern ... Und mit mir, Mama, würde es eine Frau auch nicht leicht haben. Ich bin mit meiner Tochter und mit meiner Arbeit verheiratet, für eine dritte Ehefrau gibt es keinen Platz mehr ... Mit achtundvierzig hat man so seine Gewohnheiten ...«

Wie immer hatte die Mutter zustimmend genickt und dann gesagt: »Na ja, ich weiß ... Aber wenn du eine gute Frau finden könntest, nicht so ein Luder ...« »Seit Annette weg war, hatte seine Mutter ihren Namen nie mehr ausgesprochen.

Heinrich hatte nicht geantwortet. Er hatte keine Lust, wieder einmal über seine ehemalige Frau zu diskutieren. Annette war eine normale, gute Frau, nur die Ehe war ein Mißverständnis von beiden Seiten, wie die meisten Ehen. Es war die sogenannte große Liebe – hätten sie nicht geheiratet, würden sie sich wahrscheinlich noch heute lieben.

Es hatte jedoch keinen Sinn, mit der Mutter darüber zu reden. In ihrem Leben gab es nur einen Mann. Monogamie war für sie etwas so Selbstverständliches wie die Luft. Er hatte das Gespräch mit seinem obligatorischen Witz beendet: »Meine Tochter reicht mir als Ehefrau absolut aus: Sie liebt mich, sie beschränkt meine Freiheit, versucht, mich herumzukommandieren, kontrolliert mich, belehrt mich, wie ich mich benehmen soll, ist eifersüchtig, widerspricht bei jeder Gelegenheit, zankt mit mir ... Und für das einzige, was noch fehlt, habe ich Freundinnen genug.«

Soviel Freiheit, daß er ihr so etwas sagen dürfte, gestand ihm seine Mutter zu, denn ein Mann ohne Ehefrau und noch mit einem Kind dazu ist ja nicht normal, man muß ihn mit Nachsicht behandeln.

Komisch, daß das Gespräch mit der Mutter diesmal auf seine Träume Einfluß hatte. Es war eigentlich vom Traumgott gemein, Heinrich im Schlaf auf Mutters Standpunkt zu bringen, als er sich nicht wehren konnte. Heinrich zündete sich eine Zigarette an. In ein paar Minuten würde der Wecker klingeln. Christiane mußte den ersten Morgenzug nach Travemünde erwischen, ihr Mann würde sie am Bahnhof erwarten.

Heinrich wollte auch vor sechs zu Hause sein, bevor Sonja aufwachte. Wenn sie nicht zur Schule mußte, stand sie besonders früh auf. Und sollte Papi nicht zu Hause sein, würde sie weinen. Sie würde am Fenster auf ihn warten und dann sagen: »Ich hatte solche Angst, daß dir was passiert ist« – obwohl sie von seinem Ausgang wußte und ihn genehmigt hatte.

Er schaute sich die schlafende Christiane an. War sie es vielleicht – die Frau aus dem Traum? Heinrich fühlte sich bei ihr besonders geborgen. Nicht nur, weil er dort nicht dauernd aufhorchen mußte, um eventuell Sonjas leichte Schritte in der Diele rechtzeitig aufzufangen. Wenn sie einen weiblichen Besuch in der Wohnung wußte, wachte Sonja fast immer in der Nacht auf.

Christiane war intelligent, ihre Mütterlichkeit war diskret-verständnisvoll, sie drängte sich nicht auf, ihn zu bemuttern. Sie war gut verheiratet, hatte keine Absicht, ihren Mann zu verlassen. Und auch keine anderen Probleme, über die sie im Bett reden mochte. Mit ihrem Robert verstand sie sich recht gut, auch im Bett, und sie respektierten sich. Nur langweilten sie sich nach zwanzig Jahren Ehe ein wenig miteinander. Seit ihre beiden Töchter in München auf der Uni waren, ließen sie sich gegenseitig viel Freiheit.

Eine fabelhafte Freundin, diese Christiane. Man mußte ihr nichts vorlügen, nichts vorspielen, man traf sich, wenn beide Lust und Zeit hatten. Und wenn man zusammen war, war man nur für sich. Es gab keine Konflikte auszuräumen, keine Wehwehchen zu heilen. In den Pausen unterhielt man sich über ihre oder seine Arbeit. Christiane war Chemikerin. Aber, was Heinrich besonders schätzte, sie versuchte nie, mit ihm die übliche Konversation über Kunst und Literatur zu führen. Heinrichs Name erschien verhältnismäßig oft auf dem Bildschirm. Er war zwar kein Starautor, aber ein zuverlässiger Profi mit guten Kontakten. Deshalb suchten ihn immer wieder junge und weniger junge Damen auf, die glaubten, daß man mit einem Künstler vor dem Zubettgehen – oder sogar statt des Zubettgehens – »intelligent« diskutieren müsse. Über die neueste Theaterpremiere oder Kunstausstellung (die er natürlich nicht gesehen hatte, weil ihm die Zeit dafür fehlte), über Kleinschreibung oder über Hermann Hesse, über die

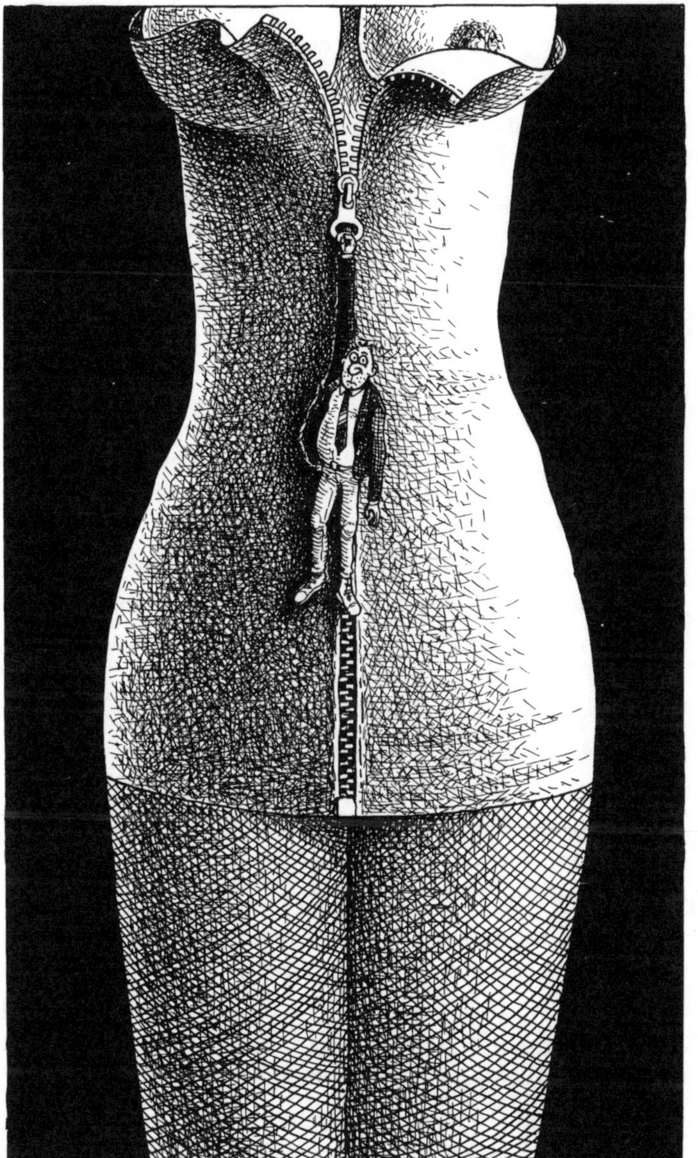

antiautoritäre Erziehung oder über Marxismus und Christentum.
Heinrich drehte sich bei diesem halb- bis viertelintellektuellen Blabla der Magen um. Er wußte im voraus, was die Kulturdame sagen würde, er hatte ja auch »Die Zeit« und den »Spiegel« gelesen. Um die Komplexe zu verdrängen, daß da wieder eine mit dem Autor Heinrich und nicht mit dem Mann Heinrich schlafen wollte, dachte er lieber an die Stelle im Drehbuch, die er noch ändern mußte, und dachte an seinen Schreibtisch. Bei Christiane war ihm das noch nie passiert.
Sollte denn sein Traum bedeuten, daß er sich unbewußt danach sehnte, eine Frau wie Christiane fest an sich zu binden? Oder war es wieder einmal jene Müdigkeit, die einen dazu brachte, alle festen Überzeugungen und Prinzipien aufzugeben, wie damals vor dreizehn Jahren, als er Annette heiratete? Damals war allerdings das Experiment Ehe für ihn noch neu, und er hatte auch keine Tochter.
Heinrich mußte bei der Vorstellung lachen, was wohl Christiane sagen würde, wenn er ihr vorschlüge, sie solle sich von Robert trennen und zu ihm ziehen. »Dir fehlt wohl was?« würde sie sagen und auflachen. Bestünde er auf seinem Vorschlag, würde sie bestimmt mit ihm Schluß machen. Sie mochte Komplikationen ebensowenig wie er. Ähnlich würden die meisten seiner Freundinnen reagieren, verheiratete, geschiedene und ledige – Witwen kannte er nicht. Nur Susanne durfte er keinen Antrag machen, die würde ihn sofort beim Wort nehmen. Seit zwei Jahren beteuerte sie, sie sei nur für freie, gleichberechtigte und unverbindliche sexuelle Beziehungen. Sie redete über Sex viel und fachmännisch,

sie war auf diesem speziellen Gebiet theoretisch sehr gebildet.

Susanne war Diplompsychologin, zweiunddreißig, ledig, hübsch, schrieb für den Frauenfunk und für Emanzenzeitschriften, trug nur Hosen und verteidigte ihre Rolle einer emanzipierten Frau mit allen Mitteln: Sie predigte gegen die Männerherrschaft und gegen die Ehe als legalisierte Prostitution. Aus früheren Zeiten kannte sie mindestens sieben Mao-Sprüche auswendig. Auf ihrem Nachttisch lag neulich schon der zweite Band des »Kapital« (sie ist aber nie über die dreiundzwanzigste Seite des ersten Bandes hinausgekommen). Ab und zu rauchte sie demonstrativ Hasch, das ihr gar nicht schmeckte. Sie versuchte, in ihren Alt Baßtöne hineinzulegen.

Heimlich hatte sie jedoch die Hoffnung noch nicht aufgegeben, Heinrich zum Standesamt zu führen, möglicherweise sogar zum Pfarrer.

Im gegebenen Fall würde sie gern darauf verzichten, »ihre Meinung durch die Massenmedien zu verbreiten, um das Bewußtsein der Menschen zu wecken« (daß sie dabei Geld verdiente, war ja nebensächlich), würde sich dem Kinderkriegen und dem Kochen widmen. (Sie kochte zwar nach verrückten exotischen Rezepten, aber gar nicht übel, schämte sich dessen jedoch und bewirtete Gäste meist mit Käsebrot.)

Susanne könnte eine vorbildliche Ehefrau werden, wenn jemand eine nach altem Muster mochte. Ihre Tragödie war, daß sich solche Kandidaten durch ihr kämpferisches Gerede abschrecken ließen. Die Gegner der traditionellen Ehe dagegen durchschauten sie leicht. Nein, Susanne war sicher nicht die Frau aus

seinem Traum. Sie zu heiraten, würde ihm nicht einmal im Traum einfallen.
Der Wecker weckte Christiane. »Du bist schon wach?« fragte sie verwundert.
»Mhmm ... Ich habe geträumt, daß ich geheiratet hätte ... dich.«
»Konntest ruhig weiterschlafen. Ich würde dich nie heiraten. Ich wäre zu faul, mir einen neuen Freund zu suchen. Übrigens, ich habe dir gestern gesagt, du sollst abends keine Bohnen essen! Und jetzt müssen wir uns beeilen, sonst wartet deine kleine Ehefrau Sonja mit dem Besen in der Hand auf dich.«

Liebesspiel erfahrener Partner: Die Fortsetzung der Jugend mit anderen Mitteln.

Fremde Frauen

Herr A. wälzte sich schlaflos im Bett und überlegte: »Verflixt! Warum liege ich da eigentlich mit diesem fremden Frauenzimmer? Sie hat die gleiche Figur wie meine Frau – etwas breite Hüften, kleine Brüste, die mich seinerzeit so rührten, sehr traurige Augen – genau wie meine Frau. Sie umarmt mich und liebt mich, unterwürfig und ohne Begeisterung, genau wie meine Frau. Genau wie meine Frau triezt sie mich, wenn ich meine Schuhe nicht auf den dafür bestimmten Platz stelle, sie macht genauso einen schwachen Kaffee und erzählt mir genauso vom Fernsehen, vom Shopping und von den Kleidern, die sie im Schaufenster sah ...

Sie hört genauso unaufmerksam zu, wen ich ihr von meinen Sorgen erzähle und fragt dann nach etwas Gleichgültigem und Unwichtigem ... Sie erkundigt sich genauso telefonisch, was sie abends kochen soll, und ob ich pünktlich nach Hause komme, damit das Abendbrot nicht kalt wird, und sie beendet genauso jedes Mahl mit der Bemerkung, es sei ohnehin überflüssig, daß ich so viel esse, da ich bloß noch Haut und Knochen bin ...

Genau wie meine Frau strengt sie sich nicht sehr an, sich schön zu machen, wenn wir einen Abend zu zweit zu Hause verbringen, und ärgert sich genau wie sie, wenn ich anfange, von meiner Arbeit zu reden ...

Heute ging sie sogar mit den Lockenwicklern schlafen, was doch eine Geliebte nie und nimmer tut ...«
Herr A. wachte nun vollkommen auf, wurde sich dessen bewußt, daß er zu Hause war, bei der eigenen Ehefrau, und überlegte: »Verflixt! Warum liege ich da eigentlich mit diesem fremden Frauenzimmer?«

Der Unterschied zwischen einer emanzipierten Frau und einer Emanze – wie der zwischen einem Torhüter und einem Tor.

Eherettungskommandos

Hubert C. Graf Walderdorff, Gründer der »Vereinigung für Ehe und Partnerbeziehung«, meinte, daß die Krise vieler Ehen nur eine Management- und Planungskrise ist. »Langeweile, Mißverständnis, Enttäuschung und Aneinandervorbeileben«, sagte er, »sind oft nichts anderes als Planungsfehler.«

Ich bin mir nicht sicher, daß das Rezept des Grafen Walderdorff – Schulung und Beratung – sehr viel Erfolg bringen könnte.

Schulung und Beratung müssen nicht unbedingt schaden, sie können jedoch nur mit kleinen Unzulänglichkeiten aufräumen. Der Kern des Übels bleibt auch dann unberührt, wenn man genau weiß, wann man sich unterordnen soll und wann streiten, wann Blumen bringen und wann ein entscheidendes Wort sprechen.

Man braucht nur zu untersuchen, zu wem enttäuschte Ehepartner gehen: Es sind Männer und Frauen, die jünger oder älter sind als ihre früheren Partner, schöner oder häßlicher, gebildeter oder weniger gebildet, reicher oder ärmer. Die einzige Gesetzmäßigkeit, die man feststellen kann – es sind andere. Und das ist es, was kein Mensch, auch beim besten Willen und mit bester Schulung schaffen kann: Er kann nicht ein anderer werden, er kann sich nicht selbst auswechseln.

Der Wechsel ist jedoch die Grundlage des Lebens – siehe Stoffwechsel. Deshalb muß man in Krisenfällen andere um Hilfe bitten. Das wäre eine echte Aufgabe für die Armee. Man müßte in jeder Garnison Bereitschaftseinheiten schaffen. Eine Frau, deren Ehe nicht klappen will, braucht nur anzurufen, und man schickt ihr einen Mann als Partner auf Zeit.

Das müssen keine besonders auserwählten Männer sein: Gefällt der Dienstmann der Frau besser als der eigene, wird sie sich bestätigt fühlen; gefällt er ihr weniger, ist das eine Bestätigung für den Ehemann. Beides hilft der Ehe. Und wenn man Männer für die Eherettungskommandos auswählt, braucht man Sexstars am wenigsten, vielmehr Leute, die zuhören, aufmerksam sein und sich über die verschiedensten Dinge unterhalten können.

Die Dauer so einer Ersatzpartnerschaft müßte man jeweils individuell regeln, ausgehend davon, daß es sich nicht um einen Wechsel der Partner handelt, sondern um die Erhaltung der bestehenden Ehe. Manchmal müßte man für jeden Tag einen anderen schicken, manchmal ein Vertrauensverhältnis aufbauen, um der Ehe das zu geben, was ihr fehlt.

Fraueneinheiten braucht man nicht zu organisieren. Es ist einfacher, Männer aus bedrohten Ehen als Reservisten in die Eherettungskommandos einzubeziehen. Dann werden sie zwei Ehen auf einmal retten helfen: die eigene und die der Zeitpartnerin. Die bekannte Tatsache, daß Leute, die mit eigenen Eheproblemen nicht fertig werden können, oft anderen mit Erfolg helfen, bestätigt die Richtigkeit meiner Ausführungen und meines Planes.

Wer ist frauenfeindlich?

Es gibt Leute, die behaupten, daß ich und das, was ich schreibe, frauenfeindlich wäre. Als Argument bringen sie irgendeinen Aphorismus von mir, zum Beispiel »Jeder Mann braucht im Leben drei Frauen: die Mutter, die Ehefrau und wenigstens eine, die ihn für einen Mann hält.« Oder eine Satire, wie »Umgang mit intellektuellen Frauen«, aus meinem Buch »Unordnung ist das ganze Leben«, in der ich vor der Gefahr warne, daß man mit pseudointellektuellem Geschwätz eine Liebesnacht verpatzen kann. Wenn man sie fragt, was denn daran frauenfeindlich sei, wenn man die Liebe dem aufgeblasenen Gerede vorzieht, wissen sie nur eine Antwort: Es ist frauenfeindlich und basta.

Bezeichnenderweise sind es selten Frauen, die mir den Vorwurf der Frauenfeindlichkeit machen – und nie Frauen, die mich kennen. Die Vorwürfe kommen meistens von Emanzen und Softies. Emanzen – bitte mit Frauenrechtlerinnen und Feministinnen nicht zu verwechseln – sind schlimme Frauenfeinde: Sie sabotieren den Kampf für Gleichberechtigung von Frauen und Männern, indem sie ihn diskreditieren. Sie wollen den Frauen alles wegnehmen oder vermiesen, was sie bisher genossen haben – von Männern angefangen bis hin zu den kleinen Höflichkeitsprivilegien. Softies – bitte mit emanzipierten und zärtlichen Männern nicht zu verwechseln –, jene armen Sexbettler, die glauben, ihrem Ziel näher zu kommen, wenn sie den Frauen in den Hintern kriechen, sind als nützliche Idioten der Emanzen auch keine Freunde der Frauen. Wäre ich eine Frau, würde mich ihre schmierige Untertänigkeit beleidigen.

Was den Vorwurf meiner angeblichen Frauenfeindlichkeit hervorruft, ist eben die Tatsache, daß ich Frauen liebe.

Einer meiner Aphorismen lautet: »Ich schätze Frauen als Menschen, liebe sie aber als Frauen.« Und das ist nach den Normen der Emanzen-Ideologie ein Verbrechen; man darf die beruflichen oder charakterlichen Vorzüge einer Frau sehen und anerkennen, aber nicht die weiblichen. Wenn ich aber eine noch so gelehrte Professorin auch als Frau attraktiv finde, ist das in meinen Augen keine Diskriminierung. Es ist ein Plus, und zwar für beide Seiten – die Frau Professorin ist mir halt lieber als ein gleichermaßen gelehrter Professor. Die Aberkennung weiblicher Schönheit ist genauso frauenfeindlich wie die Unterschätzung ihrer beruflichen und allgemein menschlichen Qualitäten.

Ich liebe die Frauen und schreibe über sie satirisch, eben weil ich sie als gleichwertige Partner ansehe, die der Kritik wert sind. Über Männer als solche habe ich kaum geschrieben, weil ich mit ihnen in dieser Eigenschaft keine Erfahrungen habe. Ich maße mir nicht an, daß ich über sie besser schreiben könnte als eine Frau.

Falls es männlich chauvinistisch ist, in einer Frau mehr als nur einen Mitmenschen zu sehen, möchte ich gern Chauvi und noch lange männlich bleiben.

Die Verleumdung der Hexe

Ich bin ein Feminist, ein fast richtiger Emanz: Ich lehne jeden Intimkontakt mit Männern ab und liebe nur Frauen. Was mir noch an richtiger Gesinnung fehlt, ist der Verzicht auf die Penetration. Ich glaube jedoch, daß ich mich in zwanzig, dreißig Jahren auch dazu durchringe.

Mich empört, wie man die Frauen in der Literatur schildert. Das fängt schon bei den Märchen an. Die Frau wird da entweder als ersehntes Sexobjekt beschrieben, das man einfangen und in die Eheknechtschaft zwingen will, oder als gutes Mütterchen, das sich für die Kinder aufopfert und dabei auf die Entfaltung ihrer eigenen Persönlichkeit verzichtet. Ist sie nicht kinderlieb oder zu alt dafür, ein Sexobjekt zu sein, wird sie zur negativen Gestalt stilisiert. Alte Männer sind in den Märchen weise, alte Frauen dagegen böse Hexen.

Nehmen wir als konkretes Beispiel die Hexe aus dem Märchen »Hänsel und Gretel« der Gebrüder Grimm.

Es ist natürlich typisch, daß sich hier gleich zwei Männer verbündet haben, um eine Frau zu verleumden. Man kann auch leicht nachvollziehen, warum diese männlichen Chauvinisten gegen eben diese Vertreterin des unterdrückten weiblichen Geschlechts so aufgebracht waren: Es war eine alleinstehende, selbständige und selbstbewußte Frau, die sich von den Zwängen der von Männern beherrschten Gesellschaft zu befreien versuchte, eine Aussteigerin, die ein alternatives Leben im Wald führte. Daß sie eine bewußte Frauenrechtlerin war, beweist die Tatsache, daß sie ursprünglich nur Hänsel verzehren wollte, Gretel dagegen zu ihrer Gehilfin ausbildete, um somit gegen den Mangel an Lehrstellen für weibliche Azubis zu protestieren.

Was wirft das Märchen der sogenannten Hexe vor?

Daß sie Kinder fressen wollte! Erstens ist diese Absicht nicht bewiesen, beide Kinder sind ja unversehrt nach Hause zurückgekehrt. Möglicherweise hat es sich der trickreiche Hänsel nur ausgedacht, um seinen in Faulheit und auf Kosten der Hexe angefressenen Fettwanst zu rechtfertigen.

Zweitens: Die Hexe hatte ja ein Recht auf Belohnung dafür, daß sie die Kinder eine Zeitlang versorgt und durchgefüttert hat. Diese hätte ihr sogar die heutige männliche Justiz zugestanden.

Und – drittens – das wichtigste: Bezeichnenderweise erwähnen die Gebrüder Grimm mit keinem Wort, daß die Situation, in der sich die Frau befand, von der Gesellschaft verschuldet war. Es herrschte eine durch das Gesellschaftssystem und Männerherrschaft verursachte wirtschaftliche Not, selbst eine Familie, in der beide Eltern arbeiteten, konnte ihre Kinder nicht ernähren. Wovon sollte sich also eine alte, gebrechliche, alleinstehende Frau ernähren? Frauenkollektive, denen sie sich hätte anschließen können, gab es damals nicht – und welcher Mann würde für eine alte Hexe etwas tun? Sie war zwar eine hochqualifizierte Bäckermeisterin, hatte jedoch als Frau keine Chance, in die Bäckerinnung aufgenommen zu werden. Als Aussteigerin und Waldbewohnerin war sie selbst aus dem für Frauen diskriminierenden Sozialnetz ausgeschlossen. Was hätte sie also tun sollen?

Wir Feministen und Feministinnen müssen gegen solche Märchen protestieren, die eine Frau nur deshalb verleumden, weil sie sich gegen die Gesetze der Männergesellschaft aufgelehnt hat.

Gute Gedanken sind wie gute Frauen: Wenn sie kommen, fragt man nicht warum und wieso.

Heimtückische Angriffe

Ein »Arbeitskreis Alkohol!« hat per Umfrage festgestellt, daß jeder dritte Deutsche zuviel trinkt, nämlich mehr als 80 Gramm reinen Alkohol pro Tag.

Man kann sich natürlich darüber Gedanken machen, ob so eine alkoholische Umfrage aussagekräftig ist: Nichtalkoholiker hatten da ja nichts zu melden, und die Alkoholiker sagten vielleicht unter Einfluß von Alkohol aus.

Es ist auch nicht wichtig, wieviel man trinkt, sondern wie man trinkt.

Die Gefährlichkeit des Berichts lag auch ganz woanders: Nur so nebenbei wurde da behauptet, daß »60 Gramm Alkohol bei Männern und 30 Gramm bei Frauen« gefährlich seien. Nur so nebenbei wurde also wieder einmal ein heimtückischer Angriff gegen die Gleichberechtigung und Emanzipation der Frauen gestartet. Was wollte man durch diese Differenzierung andeuten – daß die Frauen etwa schwächere Köpfe haben?! Oder daß der weibliche Organismus weniger widerstandsfähig, also weniger vollkommen ist als der männliche? Ist es nicht eine Schande, in den letzten Jahren unseres aufgeklärten Jahrhunderts – vielleicht in den letzten Jahren unserer fortgeschrittenen Zivilisation – so etwas anzudeuten?

Man wird sich wohl damit rechtfertigen wollen, daß jene Grenzwerte von Wissenschaftlern anhand irgendwelcher Versuche und Untersuchungen festgestellt worden sind. Na und? Wenn Untersuchungen gegen die Gleichberechtigung verstoßen, muß man sie verbieten – oder neue durchführen, die etwas ganz anderes beweisen. Will man an den heutigen Ergebnissen der Wissenschaft festhalten, könnte das zu einer regelrechten Diskriminierung der Frauen führen. Verkehrspolizisten könnten zum Beispiel Fahrerinnen den Führerschein entziehen, wenn sie halb so viel Alkohol im Blut haben wie männliche Fahrer – mit der Begründung, daß sie nur halb so viel vertragen.

Diese angeblich wissenschaftliche Differenzierung würde auch direkt zur Diskriminierung im Beruf führen, vor allem bei Lastwagen- und Taxifahrerinnen. Aber nicht nur bei ihnen. Wer wird unter diesen Umständen noch einer Frau einen Managerposten geben wollen?! Als Manager muß man oft Verhandlungen während eines Arbeitsessens führen, das ja meistens ein Arbeitstrinken ist.

Weiter: Gastwirte könnten sich weigern – unter den Gastwirten soll es auch männliche Chauvinisten geben –, Frauen mehr als ein halbes Maß einzuschenken. (Gastwirte lieben das volle Maß sowieso nicht.) Stelle man sich vor: Eine Frau, meinetwegen eine Seefrau (oder sagt man Seemännin?), kommt von einer anstrengenden Reise, will in einer Hafenkneipe einmal so richtig auf den Putz hauen – dabei vielleicht irgendeinen jungen Mann aufgabeln – und kriegt nur eine halbe Portion!

Sollte man wieder einmal Alkohol rationieren müssen –

dies kann leicht passieren, weil man ihn vielleicht als Treibstoff für die Autos brauchen wird –, käme man so leicht in Versuchung, den Frauen eine halbe Ration zuzuteilen. Und diese Diskriminierung verkündet man unauffällig in einem Nebensatz und stützt sie auf »objektive Wissenschaft«! Wetten, daß jene zutiefst ungerechten Alkohol-Normen nicht von Wissenschaftlerinnen, sondern eben von Wissenschaftlern »errechnet« worden sind?

Selbst beim Alkoholkonsum, der wohl nicht das größte Glück des Menschen ist, versucht man Frauen unterzukriegen. Männer, sogar die Wissenschaftler, die verpflichtet sind, fortschrittlich und zukunftsweisend zu denken, sind nicht imstande, auf ihren männlichen Rassismus zu verzichten.

Ein Fernseher fürs Schlafzimmer ist ein gutes Geschenk – zur Goldenen Hochzeit.

Frauen gegen Olympische Spiele

Unter dem Vorsitz der Psychologin Libbela Grau, 32, tagte am Wochenende in Bad Aibling das neugegründete Komitee »Frauen gegen Olympische Spiele«. In ihrer Eröffnungsrede sagte Libbela Grau:
»Zum Teufel mit diesem verdammten männlichen Jahrmarkt der Eitelkeit! Es fehlen Kindergärten, an den Unis wurde ein in erster Linie gegen Frauen gerichteter Numerus clausus eingeführt, trotzdem aber veranstalten die Männer für sich solch kostspielige Spiele!
Die alten Griechen, diese perversen Hurenböcke, waren wenigstens aufrichtig, als sie die Frauen zu ihren Olympiaden nicht zuließen. Ganz beschissen von dem Kastrationskomplex, hatten sie Angst, die Frauen würden ihnen etwas antun.
Und was hat sich seit jenen Zeiten geändert? Offiziell erlauben die aufgeblasenen Herren der Schöpfung den Frauen die Teilnahme an ihren Spielen. Wie ist es aber in der Praxis? Das tausendjährige Ghetto wird fortgesetzt, die Frauen dürfen nur untereinander wettstreiten, die Herren Kraftprotze haben Angst, von einer Frau besiegt zu werden.
Selbst ihre Sprache verrät sie – auch ein weibliches Sportteam heißt »Mannschaft«, denn organisierte Frauen sind für sie ein Alptraum.

Zu manchen Sportarten haben wir Frauen noch heute keinen Zugang, um nur das Gewichtheben oder das Boxen zu nennen. Warum? Weil es Disziplinen sind, die die Frauen für den Kampf gegen die Männerherrschaft physisch und psychisch vorbereiten könnten.

Die Männer erlauben dagegen den Frauen alle Sportarten, die ihre Körper nach dem männlichen Geschmack gestalten, alles, was der Befriedigung ihres impotenten Voyeurismus dient. Frauen dürfen turnen, damit die Herren Tonnen von frischem Mädchenfleisch wie Ware im Schaufenster begaffen können; sie dürfen speerwerfen, bogenschießen, laufen und springen und dabei die Brüste strecken, als ob sie sie den Männern frei Hand liefern möchten; sie dürfen Tennis spielen, was ihre Figuren schlank und ihre Bewegungen graziös macht, damit sie auch zu Hause das Auge des Gatten erfreuen.

Und die Sportlerinnen, diese dummen Gänse, machen alles mit, ohne zu bedenken, daß sie mit dieser Schauprostitution auch in den Bordellvierteln der Großstädte Geld verdienen könnten!«

In der folgenden Diskussion wurden diese und ähnliche Argumente mehrmals wiederholt. Eine heftige Auseinandersetzung warf die Frage auf, ob man nach dem Sieg der bevorstehenden Frauenrevolution Olympische Spiele veranstalten solle oder nicht.

Die Mehrheit der anwesenden Frauenrechtlerinnen setzte eine Resolution durch, in der u. a. steht: »Die freie, von Frauen bedamschte Gesellschaft wird auch Olympische Spiele organisieren, zu denen jedoch Männer unter Androhung der Todesstrafe weder als Teilnehmer noch als Zuschauer zugelassen sind.«

Penetration

Seitdem eine feministische Autorin, durch die gewaltige Zahl von fast einem Dutzend übereinstimmender Ausagen unterstützt, wissenschaftlich festgestellt hatte, daß Frauen die männliche Penetration in ihr intimstes Inneres, milde gesagt, nicht mögen, ist diese Frage zu einem penetranten Problem geworden, denn es ist eine Revelation, die eine jahrtausendealte Erfahrung widerlegt. Kein Wunder, daß diese Entdeckung ein großes Echo erfuhr. Hier einige Meinungen, die noch nirgendwo sonst veröffentlicht worden sind.

»Das Phänomen ist in der Politik seit jeher bekannt«, sagte der Politologe Dr. Kosan. »Das Eindringen einer fremden Gewalt in den lebenden Organismus eines Staates wurde schon immer praktiziert und war immer unerwünscht. Geduldet wurde es nur dann, wenn die betroffene Nation sich nicht wehren konnte. Die Applikation dieser Regel von zwischenstaatlichen auf zwischenmenschliche Beziehungen ist ein Verdienst der Autorin. Dies beweist das Primat der Politik, die somit auch das Privateste penetriert.«

»Psychologisch sind die zitierten Fälle sehr interessant«, schrieb Prof. Dr. van Houden. »Die Frustration, die die Penetration bei den interviewten Frauen hervorruft, weist die gleichen Symptome auf, wie sie bei

Frauen auftreten, die unter Mangel an Penetration durch Männer leiden. Zwei entgegengesetzte Ursachen ergeben gleiche Folgen, bilden also eine dialektische Einheit. Einfacher gesagt, es handelte sich in diesen Fällen vermutlich um Penetrationen, die in ihrer Effektivität Nichtpenetrationen gleichen. Daher ist ihre Ablehnung seitens der Frauen verständlich. In etwa dreißig Prozent solcher Fälle kann die moderne Psychologie durch Aufklärung und Partnertraining helfen. Sonst bleibt noch das alte und wissenschaftlich nicht begründete, aber oft wirksame Mittel: Partnerwechsel.«

Bischof Kurtius betonte in einer Predigt, daß die neue wissenschaftliche Erkenntnis den traditionellen Standpunkt der Kirche bestätige:

»Die Frau ist ein reines Geschöpf, das vor der Fleischeslust des Mannes geschützt werden muß. Die Kirche hat sie auch nach Kräften geschützt, sie hat die Zahl der zulässigen Penetrationen auf die geheiligten Akte der Kinderzeugung beschränkt. Einer guten Christin gibt der Allmächtige die Kraft, diese notwendigen Akte zu erleiden, die schlechten Frauen dagegen, die an solchen Handlungen Lust finden, sind Satansbräute und werden in alle Ewigkeit verdammt. Die Autorin ist offenbar eine gute Christin.«

Ein Chirurg, der nicht genannt werden möchte, erklärte, seine Zunft sei bereit, den Frauen zu helfen, indem sie den Männern die lästigen Penetrationsorgane wegoperiert, falls die Krankenkassen die Kosten übernehmen. »Dies würde«, sagte er, »nicht nur den Ausgleich zwischen den Geschlechtern fördern, sondern auch neue Arbeitsplätze in der Medizinbranche

schaffen und auch der Konfektionsindustrie, die es bitter nötig hat, wird die neue anatomische Situation der Männer neue Wege öffnen.«
Der Verein Lange Verheirateter Männer begrüßte enthusiastisch die Entdeckung der Abneigung gegen Penetration bei Frauen und wählte die Autorin des Buches zur Ehrenpräsidentin des Vereins. Die Jahrestagung beschloß einstimmig, ab sofort auf jegliche Penetration der eigenen Ehefrauen zu verzichten. »Das Wohl unserer Gattinnen stellen wir über alles«, sagte der Geschäftsführer des VLVM. »Die noch vorhandene Penetrations-Kapazität werden wir einzig und allein zur Bestrafung jener Frauen einsetzen, die außereheliche sexuelle Beziehungen pflegen.«
In Hamburg-Eppendorf entstand die Volksinitiative »Schutz für die Autorin«. Auf Bögen, die mit dem Porträt der Frauenkämpferin versehen sind, sind bereits einige Tausend Unterschriften von Männern gesammelt, die freiwillig darauf verzichten, diese Dame zu penetrieren. Der Leiter der Aktion Gregor Blau sagte: »Gelänge es uns, für unsere Schutzbefohlene einige Fernsehauftritte zu günstigen Zeiten zu arrangieren, würden wir mehrere Millionen Unterschriften bekommen. Jeder normale Mann wird bereit sein, dieses Opfer zu bringen.«
Herr Blau teilte weiter mit, daß der Appell überraschenderweise auch von vielen Frauen unterzeichnet wurde. Der Vorschlag des zweiten Vorsitzenden des Komitees Gloncke (»Massagegeräte-Gloncke«), den gleichen Schutz für alle Frauen zu verlangen, wurde von den weiblichen Mitgliedern abgelehnt, mit der Begründung, daß eine Frau, die sich nicht penetrieren lassen

will, dies – bis auf einige außergewöhnliche Situationen – immer selbst verhindern kann.
Weitere Initiativen und Diskussionen zum Thema »Penetration« sind zu erwarten, denn das Problem ist äußerst penetrant.

Karrierefrau? Als Frau hat sie ja keine Karriere gemacht!

Nostalgie

Betty ist wieder einmal in nostalgischer Stimmung. Sie sehnt sich nach den Zeiten, als sie noch emanzipiert war und einer kämpferischen Frauengruppe angehörte. Sie kämpfte für die Abschaffung der Ehe, dieser Institution zur Versklavung der Frauen, für die Abschaffung der Männerherrschaft und wenn nicht für die Abschaffung, dann doch mindestens für die Kastrierung der Männer.

Betty lebte damals sehr emanzipiert mit einer Lesbierin zusammen und hat es mit ihr getrieben, obwohl es ihr widerlich war. Betty war überhaupt sehr ungern emanzipiert. Damals sehnte sie sich nach einem lieben Ehemann, netten Haus und Kindern. Es war jedoch modern, emanzipiert zu sein, und sie sah keinen anderen Weg, einen Ehemann zu finden.

Jetzt ist sie verheiratet und hat zwei süße Kinder. Ihr Mann Benno war ein radikaler Linker, mußte das aber aufgeben, weil sein Vater gestorben war, und er mußte die große Fabrik übernehmen. Als Fabrikant brauchte er eine repräsentative Frau mit Sinn für Haushalt. Er blieb jedoch seinen alten Prinzipien treu und bestand darauf, daß sie dazu noch emanzipiert sein muß.

Betty – sie heißt übrigens nicht mehr Betty, sondern Hannedore, wie im Personalausweis – hat die Villa zu

EMANZIPA

einem eleganten und gemütlichen Nest gemacht, ihre Kochkünste sind unter den Geschäftsfreunden ihres Mannes berühmt. Hannedore ist eigentlich glücklich, manchmal aber packt Betty die Nostalgie nach dem emanzipierten Leben ohne diese verdammten süßen Kinderlein, ohne den lieben langweiligen Mann, ohne den prachtvollen Hausfrauentrott.

Es gibt jedoch keine Rückkehr. Was soll sie jetzt in einer Frauengruppe? Sie hat doch schon einen Ehemann!

Ein unbestimmtes Wesen: Etwas zwischen Mann und Hit-Sänger.

Männer für Frauenemanzipation

Eine junge Leserin glossierte eine meiner Glossen mit der Frage: »Seit wann setzen Sie sich für Frauen ein?« Ich bin ihr für diese Frage dankbar, schon deshalb, weil sie sie klug formuliert hat. Sie sagte nicht »für Frauenemanzipation«, sondern »für Frauen« – wir sind wohl beide der Meinung, daß dies mehr ist: Es schließt auch den Einsatz für jene Frauen ein, die nicht »emanzipiert« werden wollen.

Dafür, daß Frauen die gleichen Rechte und Chancen wie Männer und Männer die gleichen Rechte und Chancen wie Frauen haben, bin ich, seit ich Mann geworden bin und meine Interessen begriffen habe. Ich bin überzeugt, daß alle Männer dafür sind – womit ich nicht alle meine, die im Personalausweis ihr Geschlecht mit »männlich« angeben, sondern nur Männer.

Es gibt für dieses Engagement viele gute Gründe.

Nur einen Grund lasse ich nicht gelten – die mitleidige Wohltätigkeit. Erstens ist sie für die Frauen beleidigend, es ist eine umgekehrte Art von Anmaßung der »Herren der Schöpfung«. Zweitens ist sie keine zuverlässige Basis für Engagement. Eine zuverlässige Basis bildet nur das Eigeninteresse. Und Gleichstellung von Männern und Frauen ist für Männer nicht weniger wichtig als für Frauen.

Wenn Frauen ausgebeutet werden, wenn sie zum Beispiel geringeren Lohn für gleiche Arbeit bekommen, schlägt das auf Männer gleich doppelt zurück: Es verringert das Einkommen der Familie und, was viel schlimmer ist, macht aus den Frauen eine Reserve billiger Arbeitskräfte, die das Lohnniveau aller gefährdet.

Wenn Frauen schlechtere Chancen im Beruf haben, vermindert es wiederum den Lebensstandard der ganzen Familie und schädigt die ganze Gesellschaft – also auch die Männer –, indem die Fähigkeiten einer Hälfte der Bevölkerung nicht voll genutzt werden.

Wenn es nicht genug Kindergärten gibt, trifft es Männer genauso wie Frauen – es geht ja auch um ihre Kinder.

Und dann – kann man denn zweifeln, welchen Typ von Frau ein moderner, halbwegs emanzipierter Mann als Partnerin haben möchte? Er mag natürlich lieber selbstbewußte, selbständige Frauen, die ihren Teil der Verantwortung für sich selbst, für die Beziehung, für die wirtschaftlichen oder sexuellen Probleme übernehmen.

In den Augen von Feministinnen habe ich mich jetzt total disqualifiziert. Jeder Mann, der die Frauen nicht nur als Berufsmenschen ansieht und sie sich als Partner nicht nur fürs Gespräch wünscht, ist ja ein männlicher Chauvinist.

Ich schätze Menschen, ob männlich oder weiblich, nach ihren menschlichen Qualitäten, liebe jedoch die Frauen als Frauen. Ich gestehe, daß mir auch ihre Augen, Beine oder Busen nicht gleichgültig sind, und das tut mir nicht leid, zumal ich nicht glaube, daß es den meisten Frauen leid tut, so gesehen zu werden.

Wenn man Frauen liebt, möchte man ihnen manches

von der Emanzipation – so wie sie heute von ihren militanten Anhängern propagiert wird – ersparen. Die Frauenemanzipation wird kommen, ob es die Frauen wollen oder nicht. Man hat seinerzeit Sklaven und Leibeigene nicht aus Gründen der Humanität emanzipiert, sondern weil sie als »Freie« mehr und billiger arbeiten müssen. Es kommt also nur darauf an, wie die Emanzipation gestaltet werden soll.

Ich habe sogar gegen Frauenherrschaft – oder soll man »Frauendamenschaft« sagen? – keine Einwände. Warum sollen die Männer nicht nach Jahrtausenden ein bißchen Urlaub von der Verantwortung machen?

Ich persönlich könnte zwar davon keine Vergünstigungen erwarten – ich bin schon zu alt, um die Chance zu haben, von einer mächtigen und reichen Frau mit Pelzen und Reisen nach St. Moritz als Sexobjekt unterdrückt zu werden. Frauen sind in dieser Hinsicht genauso chauvinistisch wie Männer. Ich habe aber einen jungen Sohn.

Die Gesellschaft wird allerdings durch eine Umkehrung der Verhältnisse nichts gewinnen. Hier handelt es sich nicht um einen Machtkampf zwischen einer Mehrheit und einer Minderheit – es geht um zwei etwa gleich große Teile der Menschheit. Ob die eine oder die andere Hälfte unterdrückt wird, ändert an den Verhältnissen nichts.

Daß regierende Frauen die Welt weniger aggressiv gestalten würden als die Männer, glaube ich nicht. Alle Frauen, die bisher regierten, von den Amazonenköniginnen über Königin Viktoria und Kaiserin Maria Theresia bis zu Indira Ghandi und Margaret Thatcher, widerlegen diese Vermutung. In jeder aggressiven Be-

wegung – bei den Nazis, in den bolschewistischen Parteien, bei den heutigen Anarchoterroristen – findet man Scharen von Fanatikerinnen, die kaltschnäuziger und grausamer sind als ihre männlichen Mitstreiter.
Man muß schon die Frauen sehr hassen, um ihnen ein reines Frauenregiment zu wünschen. Frauen, die weibliche Chefs haben, wissen, wovon die Rede ist.
Ich war seinerzeit Schöffe bei einem Zivilgericht in Prag. Wir hatten meistens mit Scheidungen zu tun. Der Senat bestand aus einem Berufsrichter oder -richterin, einer Schöffin und einem Schöffen. Wann immer Frauen im Senat die Mehrheit bildeten, mußte *ich* die Interessen der weiblichen Prozeßseite verteidigen. Die beiden Frauen – die ältere Hausfrau und die junge, moderne und attraktive Richterin – waren automatisch gegen die Frau auf der anderen Seite des Tisches voreingenommen.
Ich will nicht die Frauendamenschaft als Schreckensherrschaft malen, zumal die Gefahr nicht vor der Tür steht: Sie würde nicht schlechter und nicht besser sein als die heutigen Herrschaftssysteme, überhaupt nicht anders.
Wenn wir also die Welt ein bißchen besser machen wollen, müssen wir uns für die Emanzipation des Menschen – Frauen und Männer – einsetzen. Dafür bin ich, im eigenen Interesse.

Ratschläge für männliche Sekretärinnen

Diese verdammte Männerherrschaft ist daran schuld, daß ein Mann nicht Sekretärin werden kann, weil nach irgendeinem geheimen Gesetz, das die Psychologen vielleicht erklären können, fast alle Chefs Sekretärinnen vom anderen Geschlecht vorziehen. Und mir schwebte eben eine Sekretärin-Karriere vor, nicht die eines Sekretärs. »Sekretär« klingt mir allzu politisch – siehe »Staatssekretär«, »Sekretär des Ministers«, »Parteisekretär«. Ich träumte jedoch davon, *tatsächlich* an einem Machthebel zu sitzen, nicht so wie die Politiker, die es sich nur vorgaukeln. Und – das eben genannte psychologische Gesetz wirkt in beide Richtungen: Anstatt mich als Sekretär von einem Mann herumkommandieren zu lassen, würde ich lieber heiraten, um von einer Frau dirigiert zu werden.

Für mich ist es natürlich schon zu spät, eine Sekretärin zu werden, käme auch die ersehnte Frauenherrschaft gleich morgen. Wenn man über vierzig ist, muß man sehr viel können, um noch Sekretärin zu sein. Oder man muß sehr viel Pech gehabt haben, um noch immer Sekretärin zu bleiben.

In der rosigen, von Frauen beherrschten Zukunft wird jedoch der Werdegang einer männlichen Sekretärin vielen tüchtigen Jünglingen offen stehen. An diese intelligenten und gescheiten jungen Männer, die vielleicht heute noch nicht geboren sind und denen es einst vergönnt sein wird, den Traum unserer Männergeneration zu verwirklichen, richten sich meine Ratschläge.

Zuerst mußt du, junger Freund, mit dir selbst im reinen sein, warum du Sekretärin werden willst: siehst du diesen Beruf als dein Lebensziel, oder betrachtest du ihn nur als eine vorübergehende Beschäftigung, weil du ein bißchen Geld für ein Studium verdienen beziehungsweise eine reiche ältere Chefin oder eine jüngere perspektivreiche Kollegin heiraten möchtest. Möglicherweise hast du dich für diesen Beruf nur deshalb entschieden, weil es üblich ist, daß junge Männer, die nicht wissen, was sie tun sollten, Sekretärinnen werden. Du darfst nie vergessen, daß alle deine Vorgesetzten Frauen sind (oh, wie ich dich beneide!), und die Tatsache, daß du ein junger Mann bist, dir Trümpfe in die Hand legt. Du sollst es aber mit der Demonstration deiner Männlichkeit nicht übertreiben. Ein Frontalangriff mit deinem sonnengebräunten sportlichen Körper kann dir vielleicht schnell ein Plätzchen in der Gunst deiner Chefin verschaffen, er wird dich aber mit allen körperlich weniger begabten Bürokollegen verfeinden, und auch mit allen älteren, durch langes Sitzen im Bürosessel abgenutzten, von einer pedantischen und eifersüchtigen Ehefrau, von Kindern, Kochen und Putzen geplagten Kollegen. Sie haben vielleicht auch einst als stramme Jünglinge mit viel Ehrgeiz angefangen, wurden aber vom Leben enttäuscht; diese werden dir deine Draufgängerei nicht verzeihen. Gib dich lieber bescheiden, dämpfe dein blendendes Aussehen durch korrekte, nicht auffallende Kleidung.

Du darfst deine Bürokollegen, und vor allem die anderen männlichen Sekretärinnen, nicht nur als Konkurrenten betrachten. Falls dein Ziel nicht eine schnelle Heirat ist, sind sie deine wichtigsten Verbündeten. Eine auf Sex-Basis aufgebaute Sekretärin-Karriere endet rasch: Entweder wird man geheiratet oder entlassen, versetzt, verschoben . . . Die Chefin muß dich loswerden, wenn du allzu zutraulich wirst oder durch Nachlässigkeit in der Arbeit deine Position demonstriert.
Der Weg zum Dauererfolg in deinem Beruf führt nicht über Sex. Die wichtigsten Mittel sind Informiertheit und Unentbehrlichkeit. Um vielseitig informiert zu sein, helfen die besten Beziehungen zu der wohlwollenden Chefin nichts, wenn du nicht in den Kreis deiner Kollegen-Sekretärinnen aufgenommen wirst. In den intimen männlichen Gesprächen im Büro, wenn man über Mode, Freundinnen und Sport plaudert, wirst du das Wichtigste erfahren: Welche Schwächen und Hobbys sämtliche Chefinnen haben, welche Konflikte und Machtkämpfe sich in der Leitung abspielen, welche Bündnisse und Antipathien da bestehen. Und wenn du das weißt, weißt du alles über deine Firma, da ihre Lage von diesen Verflechtungen in der Führung abhängt. Was die Chefin weiß, wissen die Sekretärinnen schon längst. Erst dann kannst du wirksam und unauffällig mitmischen, damit sich die Kräfteverhältnisse zu deinen Gunsten und nach deinem Geschmack gestalten. Wie du es tust, wirst du schon selber sehen. Manchmal muß man irrtümlich einen Brief auf einen anderen Schreibtisch legen, manchmal nebenbei wiederholen, was jemand gesagt hat, im Ernstfall sogar einen Termin vergessen. Meistens reicht es aber absolut, den Kollegen Sekretärin

von nebenan rechtzeitig anzurufen. Er wird schon wissen, was er seiner Chefin servieren soll, und wie.

Gute Beziehungen mit dem Kollegen, der den Posten der Chefsekretärin bekleidet, sind von viel größerer Bedeutung als die mit der Chefin. Die Chefin kann vage Versprechungen machen – ob es um Gehaltserhöhung oder um den Urlaubstermin geht – und sie sofort vergessen. Hat sich aber der Kollege Chefsekretär deiner Sache angenommen, ist sie in sicheren Händen. Er weiß auch viel besser, was du leistest oder leisten könntest, wann du tatsächlich gebraucht wirst und wann du ruhig zum Skifahren reisen kannst. Sekretärinnen, die über das Geschehen in der Firma nicht besser Bescheid wissen als die Chefs, sind keine Sekretärinnen.

Ohne gründliches und hintergründiges Wissen zu besitzen, könnten sie auch nicht unentbehrlich werden. Schon heute in unseren alten Männerzeiten, bewirkt die Demokratie, die sich in der herrlichen Frauenära noch viel weiter entwickeln wird, daß man nicht alle Qualifikationen haben muß, um Chef zu werden. Die Spezialisierung führt dazu, daß man alle Qualifikationen gar nicht haben kann. Und die Wissenschaft sorgt dafür, daß die Büroführung immer komplizierter wird. Das alles hilft den Sekretärinnen, unentbehrlich zu werden. Du wirst es erleben, junger Mann der Zukunft, daß die Chefin, überfordert und nervös, unter Manager-Streß stehend, ohne deine Hilfe nicht einmal die Anschrift eines Geschäftspartners, nicht einmal eine Flugzeugverbindung nach San Francisco finden kann.

Deine Rolle ist es, für Ordnung zu sorgen – und für die Chefin selbst. Du mußt wissen, ob sie Kaffee dünn oder stark, süß oder bitter, heiß oder lauwarm mag. Du mußt dich darum kümmern, daß sie ihre Pille nicht vergißt. Du mußt sie erinnern, den Pelzmantel zu nehmen, wenn es draußen kalt ist, und aufpassen, ob sie sich richtig geschminkt hat.

Ich bin überzeugt, daß die Ehemänner der großen Frauenepoche aufmerksam, fürsorglich, bescheiden, gehorsam – kurzum ideal sein werden. Du mußt aber für deine Chefin der noch bessere Ehemann sein – ich meine es nicht im sexuellen Sinne. Du mußt deine Chefin so umsorgen, daß sie ohne dich nicht mehr existieren kann. Sie muß das Gefühl haben, daß du ein Teil von ihr selbst bist. Frei nach dem geflügelten Wort des französischen Königs: Le secrétaire c'est moi. Das bedeutet ja zugleich für Sekretärinnen: La patronne c'est moi.

Chefs und Chefinnen sind, genauso wie Ehefrauen und Ehemänner, wie Kinder. Wenn man ihnen nur den Schein läßt, daß sie die wichtigsten sind, kann man mit ihnen machen, was man will.

Ich hoffe, daß ihr, künftige männliche Sekretärinnen, euch meine Worte zu Herzen nehmt. Dann könnt ihr uns, die Männer der grauen Männerepoche, endlich rächen.

Das Geschlecht der Literatur

Man hat mich manchmal bei Lesungen gefragt, warum ich mehrere Satiren und Aphorismen über Frauen geschrieben habe und keine über Männer. Ich habe natürlich viel über Männer geschrieben – über Beamte, Wissenschaftler, Autoren, Minister und so weiter, über Menschen allgemein, also auch über Männer. Über »Männer als solche« habe ich selbstverständlich nichts geschrieben – in dieser Eigenschaft kenne ich die Männer nicht, sie interessieren mich als solche nicht; ich bin geschlechtlich eindeutig einseitig programmiert. Frauen dagegen interessieren mich sehr wohl als solche, nicht nur als Beamtinnen, Wissenschaftlerinnen oder Ministerinnen.

Deshalb ist für mich der Begriff »Frauenliteratur« etwas unbegreiflich. Als überzeugter Anhänger der Emanzipation – der Emanzipation des Menschen beider Geschlechter – finde ich ihn diskriminierend und beleidigend. Für Frauen. Wurde er nach dem Muster »Kinderliteratur« kreiert, als ob die Frauen mangels geistiger Fähigkeiten besonders leicht verdauliche Texte brauchten? Oder vielleicht nach dem Muster »Fachliteratur«? Allerdings bilden Frauen, die ihr Geschlecht zum Beruf gemacht haben, eine Minderheit und sind als Leserinnen ernster Literatur wohl nicht sehr ergiebig.

Was ist also »Frauenliteratur« – sind das Bücher von, für oder über Frauen? Von Frauen, oder *auch* von Frauen, handeln zumindest neunzig, wenn nicht neunundneunzig Prozent aller literarischen Texte, seit die Schrift erfunden wurde; und in der vorschriftlichen, mündlich verbreiteten Literatur war es nicht anders.
Welche Autorin – und es gab in der Geschichte der Literatur nicht so wenige, daß man diese Frage nicht stellen dürfte – schuf so große Frauengestalten wie Tolstoj in Anna Karenina oder Flaubert in Emma Bovary?
Der berühmte Satz von Flaubert »Madame Bovary bin ich« zeigt, daß Literatur und Kunst eine tiefere Geschlechtlichkeit haben; ihre besten Werke beweisen, daß das Menschengeschlecht nur ein Geschlecht hat, das Menschliche. Es wurde nur aus vermehrungstechnischen Gründen – und damit das Leben etwas lustiger wird – entzwei geteilt. Wahrscheinlich ist es eine der wichtigsten Aufgaben der Literatur und der Kunst, dauernd zu beweisen, daß es nur ein Menschengeschlecht gibt.
Der Literatur, die von Frauen gemacht wird, ein besonderes Etikett aufzukleben, ist Unsinn und Unfug. Als Qualitätsmarke kann es nicht verstanden werden, denn der Wert eines Buches hängt nicht von dem Geschlecht des Autors ab. Man schreibt ja schließlich mit dem Kopf, mit dem Herzen und mit den Händen – andere Organe sind an diesem Prozeß nur mittelbar beteiligt. (Nur die Bemerkung »Autor geschlechtslos« wäre eine eindeutige Qualitätsaussage.) Man kann also die Bezeichnung »Frauenbuch« nur abwertend verstehen. Sie wirkt wie das Schild »Fahrschule« auf einem Wagen. Als ob der

Verlag sagen wollte: »Wir bitten um Nachsicht, wir haben das Buch nur deshalb gebracht, weil es eine Frau geschrieben hat, und wir müssen unsere Frauenreihe füllen.« Viele von jenen Reihenerzeugnissen erhärten den Verdacht, daß es oft so gemacht wird.

Es erinnert mich daran, wie einst in der Tschechoslowakei die Redakteurin einer Frauenzeitschrift bei mir eine Satire bestellte: »Wir zahlen zwar wenig«, sagte sie, »aber für uns muß der Text nicht so gut sein.« Und als ich ihr dann doch eine Geschichte brachte, las sie, schmunzelte, lachte auf – und lehnte den Beitrag mit den Worten ab: »Das werden die Frauen nicht verstehen!«

Es sind, weiß Gott, nicht die Männer, ausgenommen die dümmsten unter ihnen, die die geistigen Fähigkeiten der Frauen unterschätzen – es sind die angeblichen Verfechterinnen der Frauenemanzipation, die ein ganzes Geschlecht – auch in der Literatur – in ein abgezäuntes Gehege hineinpferchen wollen. Männer wurden durch jahrtausendelangen Umgang mit den Frauen eines besseren belehrt.

Schriftstellerinnen sollten sich das diskriminierende Etikett »Frauenliteratur« auf ihren Büchern verbieten und jenen Schreiberinnen (oder Schreibern mit weiblichen Pseudonymen) überlassen, die nur durch die Hintertür eines solchen Etiketts zur Veröffentlichung kommen. Ich würde auch nicht erlauben, daß man mich unter ein einengendes oder entschuldigendes Rubrum steckt. Es gibt keine Literatur mit beschränkter Haftung, und nur beim Stand mit Hundefutter ist das Schild »Nicht für menschlichen Verzehr« am Platze.

Oder soll der Aufdruck »Frauenliteratur« Unbefugte

abschrecken und Neugierige anlocken, wie der Stempel »Streng geheim«? Seit meiner Militärzeit weiß ich, daß die Befugten solche Schriftstücke ungelesen ad acta legen. Und Spione, die das Leseverbot neugierig machen könnte, gibt es wohl in diesem Fall nicht viele.

Ein richtiger Mann hat nur einen Wunsch: Die Wünsche der Frau zu erfüllen. Den hat er aber mehrmals.

Schafft die Geschlechter ab!

Es war ein bekannter Sex-Spezialist, der seinerzeit vorgeschlagen hat, die Geschlechter abzuschaffen, Sexhandlungen auf das Streicheln zu beschränken und Kinder nur in der Retorte zu zeugen. Ich hielt das damals für eine merkwürdige Idee, die womöglich irgendwelchen persönlichen Problemen ihres Autors entsprungen war. Jetzt sehe ich, daß es eine geniale Idee ist. Technisch ist sie leicht durchführbar: Retortenkinder sind schon heute Alltag, und streicheln kann jeder, man lernt es eh mit zunehmendem Alter.

Es sollte sich wohl nicht um eine Gleichschaltung der Geschlechter auf operativem Wege handeln – dies wäre zu aufwendig und brächte viel mehr Schwierigkeiten, als wir heute mit den unterschiedlichen Geschlechtern haben. Außerdem, auch für künstliche Zeugung braucht man männlichen Samen und weibliche Eierstöcke.

Die juristische Lösung bedarf dagegen nur einer Entscheidung der Gesetzgeber. Was die grammatikalische Seite betrifft, ist es noch einfacher: Man muß nur beschließen, daß es keinen Er und keine Sie mehr gibt, nur Es, das Mensch. Das würde sehr viele Probleme auf einen Schlag abschaffen.

Zum Beispiel die Diskriminierung der Frauen. Wenn

dann ein ehemaliger Mann einer ehemaligen Frau weniger für ihre Arbeit zahlt oder sie zu Hause tyrannisiert, ist das keine Frauenunterdrückung, weil es keine Frauen mehr gibt. Und Diskriminierung einzelner verbietet kein Gesetz, wo kämen wir sonst hin? Die Gleichstellung von Homosexuellen und Lesben – auch was eine Eheschließung betrifft – ergibt sich von allein, denn alle werden homosexuell – alle werden nur Sex mit dem gleichen Geschlecht ausüben.

Niemand muß natürlich in der neuen Lage auf seine alten sexuellen Vorlieben und Gewohnheiten verzichten. Man kann nicht nichtexistenten Männern verbieten, mit nichtexistenten Frauen zu schlafen. Und kein Staat kann genug Aufpasser finden, um zu überwachen, ob bei solchen Spielen außer Streicheln nicht doch etwas mehr passiert. Brenzlig, vielleicht sogar strafbar kann es nur werden, wenn dabei nach der alten Methode Kinder zur Welt kommen, die in keiner Kinderfabrik registriert sind.

In den idyllischen Zeiten der Gleichgeschlechtlichkeit wird die Ehe – oder wie die Dauerpartnerschaft dann auch heißen wird – gefestigt. Manche Ehehindernisse und Scheidungsgründe, die noch zur Zeit meines Studiums ein Teil des Rechts waren – wie Zeugungsunfähigkeit oder Impotenz – werden wegfallen. Außerdem wird die Auswahl der Partner größer sein. Die Justiz wird entlastet, zumal es noch kaum Vaterschaftsprozesse geben wird, und in den Labors wird genau verzeichnet, wessen Samen wann verwendet wurde.

Die Bekleidungsindustrie, die ja mit der Unisex-Kleidung als erste zaghafte Versuche zur Nivellierung der Geschlechterunterschiede unternahm, könnte einen

Boom erleben, wenn sich die meisten Menschen entscheiden, entweder die ehemals weibliche, ehemals männliche Kleidung oder eben uni zu tragen.
Der Feminismus und der männliche Chauvinismus werden offiziell jede Grundlage verlieren. Inoffiziell wird es weiterhin Spannungen zwischen den juristisch nicht vorhandenen Geschlechtern geben, positive und negative, weil sie natürlich sind. Ich setze ja voraus, daß der kleine Unterschied, ohne den das Leben viel langweiliger wäre, unversehrt bleibt. Nur werden es eben Konflikte nicht zwischen Gruppen, sondern zwischen Menschen sein, wie sie es auch heute sind.
Nicht einmal auf die reizenden feministischen Streitschriften werden wir verzichten müssen. Sie werden nur nicht mehr als »Frauenliteratur«, sondern in der »Historischen Reihe« erscheinen. So wie man in den »sozialistischen« Ländern weibliche Aktfotos mit der Unterschrift »Solche Sauereien verbreiten die dekadenten Imperialisten« druckte.
Meine Vorstellungskraft reicht nicht über die Anfangszeit der Neuen Ära hinaus. In einigen Generationen wird es den Retortenkindermachern vielleicht wirklich gelingen, irgendeine Art einheitliches Menschengeschlecht zu züchten.
Meinetwegen – wir werden es ja nicht erleben.

Worterklärungen II

SEXUALKUNDE	*Besucher einer Prostituierten*
ORALSEX	*sexuelle Prahlereien*
ANALSEX	*»du kannst mich mal...«*
ONANIE	*die sparsamste Sexart*
NARZISS	*ein Onanist der Liebe*
VERHÜTUNG	*das Zudecken der Genitalien mit einem Hut*
ABFUHR	*das Abholen einer Dirne vom Straßenstrich*
MACHETE	*Gerät zum Kastrieren von Machos*
LIEBESGLÜCK	*rechtzeitig auseinanderzugehen*
KATASTROPHEN	*Liebesgedichte*
FERNSEHER	*zu deutsch Spanner*
FERNSEHEN	*die gewünschte Sicht des Partners/der Partnerin nach längerem Zusammenleben*
GEMEINSAMES FERNSEHEN	*die am längsten funktionierende Ehepflicht*
HEUCHELEI	*gesellschaftsübliches Verhalten*
LIEBESPOSITIONEN	*Buchhaltung im Bordell*
LIEBHABER	*Freund und Helfer des Ehemannes*
SEXTOURISMUS	*Fernreisen für Leute, die zu Hause nicht auf Touren kommen*
SINGLE	*aktiver Anhänger des Pluralismus*
FREUDENHAUS	*Junggesellenbude*
SEXSHOP	*Laden für Versager*
HÄNDCHENHALTEN	*der Griff einer Frau, die nicht begrapscht werden möchte*
LIEBESDIENST	*vertraglich abverlangte Sexhandlungen*
PLATONISCHE LIEBE	*das billigste Verhütungsmittel*
LIEBESWERBUNG	*Callgirl-Anzeigen*

Tierisch-menschliche Gespräche über die Grundfragen der menschlichen Existenz

Über 500 Jahre alt ist der weise Vogel im Käfig eines Zoos, ein geflügelter Philosoph aus Gabriel Laubs ebenso humorvoller wie origineller Menagerie. Kaum eine Grundfrage der menschlichen Existenz bleibt bei den spitzfindigen, amüsanten Gesprächen zwischen Mensch und Tier ausgespart. »Die Denkart des Vogels ist natürlich unmenschlich, weil natürlich.«

Langen Müller